気まぐれ女神に本気でキャラメイクされました

I WAS SERIOUSLY MADE A CHARACTER MAKE-UP BY THE CAPRICIOUS GODDESS.

ハチミツ

HACHIMITSU

登場人物紹介
MAIN CHARACTERS

カローナ
カンナを美少女に作り上げた、
気まぐれな女神様。

カンナ
本名、鈴《すず》木《き》柑《かん》奈《な》。
「普通」の会社員だったが、
異世界を旅することになる。

ドンちゃん
カンナによって魔法で
生み出されたドラゴン。

アーベンローテ
Aランクハンターの頂点にして、
王国で最も有名な魔法使い。
ミリア・イズリス
グリム王国の王女。
カンナをお姉様と呼び慕う。
リッカ
カンナが王都で出会った、
Cランクハンターの獣人少女。

1　異世界転生は女神と共に

目が覚めると、私――鈴木柑奈《すずきかんな》は真っ暗な部屋で座らされていた。

いや、部屋というよりは空間と言うべきだろうか。そこには家具も壁も天井も、とにかく生活に必要な部屋らしい要素が、私の座っている椅子《いす》以外に一つも見当たらないのだから。

そしてそんな私の目の前で、見た瞬間に鳥肌が立つほどの、まさに絵に描いたような銀髪《ぎんぱつ》の美女が、あーでもないこーでもないと真剣な目つきで何か作業をしていた。その細くしなやかな指を私に向けて。

「……は!?　ちょっ、なにこれ!?」

「ああ、ちょっと！　まだ動かないで頂戴《ちょうだい》、もうすぐ終わるから！」

いきなりの意味不明な状況に思わず立ち上がろうとすると、目の前の女性に肩を押さえられてしまった。彼女が少し動いただけで、何かの花のような甘い香りが鼻孔《びこう》に漂《ただよ》ってくる。

ひとまず座り直してから、私は自分の現状について、改めて振り返ってみた。

私は、普通の大学を出て、普通に会社員として就職した、ごくありふれた普通の人間だ。

取柄《とりえ》といえば、とにかくひたむきで真面目なことくらいだろうか。高校生の頃からいくつものアルバイトを掛け持ちして家計を助け、自分の学費も自分で捻出《ねんしゅつ》するくらいには、人よりも努力家だったと思う。

家族仲は良いとは言えなかったし、少し不幸な日々が続くこともあったりしたけれど、それでも真面目に頑張《がんば》ることが、幸せに生きる何よりの近道だと信じていた。

昨日だって、ある仕事を任されていた新人が急に来なくなってしまって、私がその分の仕事を押し付けられることになったけれど、クタクタになりながらもきちんと仕事をこなしたのだ。それから、家に帰って、そして……あれ？　私、家に帰ったっけ？

つい昨日のことが思い出せずに首を捻《ひね》っていると、目の前の美女が満足そうに頷《うなず》いて声を出した。

「うん、よし。これで完璧《かんぺき》ね。とっても綺麗《きれい》だわ」

その鈴《すず》の音《ね》のような声を聞いて、私は我に返る。

「お、終わりました……？　あの、私家に帰りたいんですけど。明日も仕事ですし……」

「は？　……あっはははっ！　あなた、この状況でよくそんなことが言えるわね！　やっぱり面白いわ！　あはははははっ！」

なぜか大笑いされてしまったことに、微《かす》かに不満を覚える。

こっちとしては、自分がなぜこんな場所にいるのかも分からないのだ。ここがどこなのかも知らないし、目の前の人物が誰なのかも分からない。

突然連れて来られた非日常よりも、私が今まで生きてきた日常の方を優先して考えるのは当たり前のことではないだろうか。

「私、帰りますね」

そう言って立ち上がる。女性は興味深そうに私を見つめていた。

その不躾《ぶしつけ》な視線を振り切って、私は歩き出す。が、すぐに立ち止まって振り返った。

「……出口はどこですか？」

「ないわよ」

女性が意地悪そうにニヤリと笑って、端的《たんてき》に告げた。そんな顔ですら妖艶《ようえん》で魅力的《みりょくてき》に見えてしまうのだから、美女というものはやはりズルい。

「ないって……そんなわけないでしょう。なら私はどこから入ってきたんですか」

「私が連れてきたのよ」

「……じゃあ、あなたはどこから入ってきたんですか」

「ずっとここに居たわ」

女性は表情を崩さず、淡々と告げる。

流石《さすが》に話にならないと、私は眉《まゆ》を吊《つ》り上《あ》げて女性に言い放った。

「いい加減にしてください。そんなおふざけに付き合ってられるほど、私は暇《ひま》じゃないんです。あなたが何を考えてるのか分かりませんが……」

「ふざけてなんかないわ。それに、あなたも暇なはずよ。なんて言ったって、もう死んじゃったんだから」

「……は？」

「死んだのよ、あなたは」

悪い冗談にもほどがあるだろう。怒鳴《どな》りつけてやろうかとも思ったが、なぜかその宣言に対して、私はほんの少しも言い返すことができなかった。

「納得できなければ、ちょっとだけ思い出させてあげるわ」

女性が立ち上がり、私の目の前まで歩いてくると、優しく頬《ほほ》に触れてくる。

その瞬間、おそらくは自分のものなのであろう断片的な記憶が、次々と頭の中に流れ込んできた。

――会社からの帰り道。最寄《もよ》り駅に着いて電車を降りる。人気《ひとけ》のない夜道を一人歩いていると、道の陰から誰かが飛び出してきた。これは、会社の新人だろうか。マスクをしていてよく分からないが、おそらくそうだろう。

マイペースで、うっかりミスの多い子だった。危なっかしくて目が離せず、よく世話を焼いていた。好意を持たれていた自覚はあったものの、プライベートで突然待ち伏せされるような関係ではなかったはずだ。震える声で、私は彼の好意を拒絶した。

物静かだった彼の目は、狂気に染まっていた。私は恐怖で身が竦《すく》み、その場に力なく座り込んでしまう。

彼が、私を殴《なぐ》りつける。記憶と共に、微かな痛みが蘇《よみがえ》った。私は吹き飛び、地面に転がる。彼は血走った目で何度も何度も私を殴り続ける。私は頭を抱えて蹲《うずくま》ることしかできない。全身に痛みが走る。彼は目を弓なりに細めると、懐《ふところ》からナイフを取り出して――

「やめてっ！」

私は大声で叫んで、頬に添《そ》えられた手を振り払う。その瞬間、記憶の流入は止まった。

呼吸が荒く、額に汗が浮かんでいる。目からは涙が滴《したた》り落ちてきた。

「あなたは殺されたのよ。可哀想《かわいそう》だけれどね」

彼女はそう言って、憐《あわ》れむような目で私を見つめていた。

黙って俯《うつむ》く私の頭に、彼女の柔らかい手が乗せられた。

しばらくして、私は深く息を吐き出した。心を落ち着かせて、椅子に座り直す。そうして、改めて目の前の女性に、この状況の説明を求めた。

女性はカローナという名前の女神だと名乗り、そして私はこれから別の世界に転生させられるのだと説明してくれた。

「普通だったら記憶を消して、新しい世界で新しい命を与えるのだけれどね。私、あなたにお願いがあるのよ」

向かい合って座るカローナさんが、顔の前でポンッと手を合わせる。可愛いな、くそ……

「お願い？　なんですか？」

「私、生まれてから一度もこの場所を出たことがないの。毎日毎日下界を見守り続けて、正直、辟《へき》易《えき》しているのよ。もう、一人で黙々と仕事するだけの退屈な日々はうんざりだわ」

「はあ……」

確かにその境遇《きょうぐう》には同情する。が、重要なのは、それが『お願い』とどう関係があるのかだ。

「だからね。私、あなたと一緒に下界を旅してみたいの」

カローナさんが目を輝かせながらそう言ってくる。

「はい？　いやいや、なんで一緒に？　外に出られるなら、勝手に出ればいいじゃないですか」

「仕事はし続けないといけないもの。だから、私の分身をあなたに渡すから、一緒に連れて行ってあげて欲しいの。その代わり、記憶なんかは消さないでおいてあげるから」

少し考えてみる。確かに記憶がなくならないのは魅力的だ。余りにも突然の死だったし、正直まだまだ未練はある。前世の私ができなかったことを新しい世界でやってみたいし、何より幸せに生きて、幸せに死ぬという私の人生目標を果たせていない。

だが、不安もある。上手い話には裏があるのが世の常なのだ。

「その世界って、私でも普通に生きていけるんですか？」

「え？　危険はないのかってこと？　まあ、そこら辺は大丈夫よ。ちゃんと考慮《こうりょ》してるわ」

「そうですか……あの、そもそもどうして私なんですか？　もっと他に、記憶を持って転生したいって人はたくさんいますよね？」

疑いの目でカローナさんを見る。彼女は小さな唇《くちびる》に指をあてて、うーんと悩む素振《そぶ》りを見せた。

「タイミングがよかったっていうのもそうだけど……やっぱり、あなたが私と正反対だから、面白そうだと思ったのが大きな理由かしらね」

「正反対……私がですか？」

こんな美女に正反対とか言われると、流石に傷つくのだが。そこまで酷《ひど》くないでしょ、私……

「あなたって、毎日真面目に生きるのが一番の美徳だと思っているでしょう？　私はそんなの絶対嫌なの。うんざりなの。自由気ままに、やりたいことをして、やりたくないことはしないで生きていきたいのよ」

「だったら、そういう人にお願いしたらいいんじゃ……」

「それだと、本当に私の見たいものしか見られないでしょう。私は、普段の私が見られないものを見てみたいの。あなたなら、私じゃ想像もできないような場所に連れて行ってくれると思ったのよ」

それを聞いて、私は首を横に振った。

「悪いんですけど、私が欲しいのは普通の、ごくありふれた幸せなんです。そんなものを期待されても、困ります」

丁重にお断りすると、カローナさんは可笑《おか》しそうに笑った。

「あら、別にあなたがそれを望むならそれでいいのよ。あなたは自分のしたいようにすればいいの。私はそんなあなたの選択を見てみたいんだから」

「え……それでいいんですか？　そんなの、見ててもつまらないと思いますけど……」

「大丈夫よ、きっと面白くなるから……あなた、災難の神様に愛されているみたいだもの」

カローナさんは自信満々にそう告げてくる。後半小さく呟《つぶや》いた言葉はよく聞こえなかったが、それでも私に期待をかけてくれているのだろうことは分かった。

「さあ、どうする？　そろそろ決めて欲しいのだけれど」

カローナさんは余裕の表情で聞いてくる。私がどちらを選ぶのかなど、初めから分かっているというような顔だ。

悩みながらも、結局私は、自分の未練を果たすことに決めた。

「分かりました……私は転生して、普通に働いて、普通に幸せになってみせます。カローナさん、お願いします」

「ふふっ、そう言ってくれると思ったわ。じゃあ、目を閉じなさい」

言われた通り、素直に目を閉じる。何も見えなくなると、瞼越《まぶたご》しに強い光が輝いているのが分かった。

「目が覚めたら、私の分身を呼んでみなさい。楽しませてあげて頂戴ね」

遠くの方でそんな言葉が聞こえる。だんだんと視界が暗くなっていき、唐突な浮遊感に襲われた瞬間、私は意識を手放した。

◇　◆　◇　◆　◇

目を開くと、そこには一面の青空が広がっていた。

しばらくそのまま、その壮大なパノラマを堪能《たんのう》する。視界を遮《さえぎ》るものがないと、空とはここまで広く見えるものなのか。

呼吸をすると草と土の香りがして、心身がリフレッシュされた。こんなに風が気持ちいいと感じたのは、今までの人生で初めてだろう。

ゆっくりと体を起こす。

辺りを見回すと、どうやら私は広大な草原で眠っていたようだ。

と言っても近くに川が流れているし、橋だって架《か》かっている。人が全くいないような辺鄙《へんぴ》な場所に降り立った、といったことはないだろう。川下に向かって歩いていけば町くらいはあるはずだ。

「カローナさん、いますか？」

意識を失う前に言われた通り、名前を呼んでみる。

すると胸から、ピンポン玉より少し小さいくらいの光の玉が、ふわふわと飛んできた。胸といっても服の中とか谷間とかいう意味ではなく、言葉通り体内からだ。流石に少しぎょっとする。

『おはよう。ようこそ、異世界へ。これからよろしくね』

光の玉が、その存在を主張するように目の前でゆらゆら揺れると、頭の中に声が響いた。

「え……カ、カローナさん……ですか？　あー……なんというか……意外、というか、その……ユニークなお姿ですね？」

『そんな絞り出すようにしてまで感想を言わなくていいわよ』

カローナさんが呆れたように言う。

「い、いえ、そんな。妖精《ようせい》みたいで、とっても可愛いと思いますよ」

『そう、ありがとう。それよりあなたもとっても可愛いわ。さすが、私が丹精込《たんせいこ》めて作り上げただけのことはあるわね』

「あはは、そんな……ん？」

何やら満足そうに不思議なことを言ってくる。あまりにも自然に言うのでそのまま流しそうになったが、今、作り上げた、と言っただろうか。

「あ、あの、カローナさん。作り上げたってどういう……」

身を乗り出して聞こうとすると、視界の端に銀色の綺麗な髪が映った。

……銀……色……？

背中に流れる長い髪を掴《つか》んで、体の前に持ってくる。絹糸《きぬいと》のように艶《つや》やかな、美しい銀色の髪の毛が、私の視界を覆った。

ハッとして、体のあちこちを確認する。体中から筋肉がなくなり、子どものような華奢《きゃしゃ》な体躯《たいく》になっている。腕や指はほっそりと伸び、きめ細かな真っ白の肌が、自分の体ではないことを証明していた。

というか、いつの間にかまるでお姫さまのようなドレスを着せられている。私はこんな服に着替えた記憶などないし、そもそも持ってすらいない。

ガバッと立ち上がって、傍に流れていた川に身を乗り出す。

整った眉に、長い睫《まつげ》。均整の取れた目鼻立ちに、アメジストのように紫色《むらさきいろ》に輝く瞳《ひとみ》。ぷっくりと膨《ふく》らむ桜色の唇。歳は十四、十五歳くらいだろうか。

目の前の美少女が誰なのか分からず、試しににこりと笑ってみると、水面に映る美少女も、思わず見とれてしまいそうな笑みを浮かべた。間違いなく、そこに映っているのは私だった。

「な、な、な、なんじゃこりゃあああああああっ!!」

美少女に似つかわしくない叫び声を上げて、自分の顔をペタペタと触る。

そんな私の後ろで、カローナさんが『テーマは私の娘よ!』と、自慢《じまん》するかのように誇らしげな声で言ってきた。

「ちょっとカローナさん！　何ですかこれは！」

大慌てで、ふわふわ浮かんでいる光の玉に詰め寄る。カローナさんは玉のくせして、喜びを表現しているのかぴょんぴょんと飛び回った。

『何って、だから私が作ったのよ！　私の娘よ！　はあああ、可愛いわあああああ……』

「誰が娘ですか、誰が！　転生って、そのまま私の姿で新しい世界に行けるんじゃなかったんですか⁉」

飛び回るカローナさんを捕まえて、眼前に持ってくる。

精一杯睨《にら》みつけてみても、カローナさんには可愛くしか映っていないようで、嬉《うれ》しそうに語った。

『そうすることもできたけど、せっかく私の代わりに世界を旅してもらうのよ？　どうせなら、私の理想の姿で楽しんできてもらいたいじゃない！　大丈夫、お母さんちゃんと見守るわ！』

「だから、誰がお母さんですか！　ああもう、身長までこんなに低くなって……」

ドレスの裾《すそ》を摘まんで、ひらりと回ってみる。自分の体ではないようで、なんだか動かしにくい。それに体がとても重く感じた。

「あの、なんか動きにくいんですけど。これもカローナさんのせいですか？」

『私のせいといえば私のせいだし、違うといえば違うわね』

「……どういうことですか？」

中途半端な答えを返すカローナさんにジト目を向ける。その視線に、カローナさんは興奮するように赤面した……赤く発光しただけだが。

『ほら、あなたがしっかり生きていけるように、ちゃんと考慮してるって言ったでしょ？』

「は……？　ああ、言ってましたね……それが何か？」

私が首を傾げると、カローナさんが一瞬ビクンと脈打った。

『ぷふっ……だから、私の能力をそっくりそのままあなたにコピーしておいてあげたのよ。もちろん神としての力は無理だったけど、魔力とかカリスマ性とかは、普通の人とは比べ物にならないものになってるはずよ』

カローナさんはまるで頬擦《ほおず》りするように、私の指へすりすりと体を寄せてくる。

私はそんな光の玉を、力を込めてグッと握りしめた。

「……質問の答えになってませんけど。なんで私の体、こんなに鈍《なま》っちゃってるんですか？」

私はもともと、運動は得意な方だ。日々真面目に、健康な生活を送ることを心掛けていたため、毎朝のジョギングと筋肉トレーニングは欠かさなかったし、学生時代から身体能力を活かしたアルバイトなどもこなしていた。自分の体にはそれなりに自信を持っていたのだ。

しかしそんな私の自信を一瞬で奪い去る言葉が、カローナさんから発せられた。

『だから、私の能力をコピーしたからよ。魔力なんかは上がった反面、身体能力はほとんどゼロになっちゃったみたいね』

しばらく、何を言われたのかが分からなかった。

「……はあ!?　どういうことですか!?　身体能力がゼロ!?」

『そうよ。私、動くの苦手だし、嫌いだもの』

「いやいや、そんなんで私、異世界でどうやって生きていけばいいんですか!?　ていうか、何で神のくせして肉体はそんな弱っちいんですか!?」

『仕方ないじゃない！　私がどれだけ引きこもりだったと思っているのよ！』

「知るかああああああああっ！」

逆切れしてきたカローナさんに向かって、私は怒りに任せ、大声で叫んだ。

「じゃあ何ですか。私が日々努力して磨き上げてきた健康体は、何万年も引きこもってる運動不足の女神の体になっちゃったってことですか」

『とっても可愛いわ、カンナ』

「………………」

無言で光の玉を締め上げた。握力まで限りなく弱くなってしまったことが恨めしい。

『と、とにかく、多少の不利は魔法でなんとかできるはずだから！　とりあえずどこかの町へ向かいましょう、ね？』

カローナさんは焦ったようにそう言ってくる。

確かに着の身着のままの私が異世界に一人で放り出されたところで、無事に生活できるとは思えない。なら、魔法とやらの利便性によっては、むしろありがたいことなのかもしれない。慣れ親しんだ体を失ったことは悲しいが……

「はあ……それもそうですね、いつまでもこんな所で言い争ってても仕方ないですし。移動しましょうか」

そう言って、川下に体を向けて歩き出す。

『あ、移動するなら魔法で空を飛べるわよ』

「歩きます！　運動不足を解消して体力をつけないと、まともな生活なんて送れそうにありませんから！」

『そ、そんなに酷いかしら……』

酷いなんてもんじゃないとは思うが、わざわざ口には出さないでおく。

前途多難《ぜんとたなん》になりそうな異世界生活を思い浮かべると、なんだかとても憂鬱《ゆううつ》な気分になった。

2　はじめての人助け

緩やかに流れる川に沿って歩き始めたものの、十分もしないうちに息が切れてきた。

想像以上の貧弱さに、カローナさんを恨めしく睨みつける。しかし当のカローナさんは、こちらの不満などなんのその、自由気ままにふわふわと私の頭の上で漂っていた。

「ちょっと、カローナさん……既に私、限界っぽいんですけど……どんだけ体力ないんですか、この体……」

息が乱れるせいで、言葉を途切れさせながらそう言うと、カローナさんはまったく悪びれもしない様子で言った。

『だから、意地を張らないで魔法を使えばいいじゃない。これじゃなんのために私の力を分けてあげたのか分からないわ』

「そうやってすぐ魔法に頼ってたから、こんな情けない体になっちゃったんでしょう……せめて自分でできることくらいは自分でやらないと、私、一生このままですよ……」

『ふーん……やっぱり、あなたって変わってるわね』

何とでも言え、と思った。最初から神様なんてものと価値観が合うとは思っていない。私は普通でいい。普通の人間として、幸せになりたいのだ。

しかしそうやって強がってみたものの、この体の運動不足は想像以上に深刻だった。

さらに五分ほど歩いたところで、ついに足が動かなくなってしまい、仕方なく川の縁《へり》にあった大きな石に腰掛けた。

「はあっ……はあっ……もう、無理です……少し休みましょう……」

『魔法を使えばすぐに回復するわよ？』

「餓死《がし》しそうにでもならない限り、魔法は使いませんから！」

そう強く言うと、カローナさんはふわふわ漂ってきて、私の頭の上に落ち着いた。

『ふーん……まあ、あなたがそれでいいなら別にいいけど。でもその様子だと、しばらくは動けないんじゃない？』

私はガクガクと震える自分の足を見て、嘘《うそ》だろ、と思う。運動不足の人間の体力のなさというものを侮《あなど》っていた。

「まだ十五分やそこら歩いただけですよね。なんでこんなに疲れてるんですか……」

『カンナはよく頑張ったと思うわ』

「やかましいですよ」

自分の体力のなさに思わず項垂《うなだ》れる。今からこんな調子では、元のようにとは言わないまでも、せめて人並みに戻すまでにいったいどれだけかかるのか。

「はあ……これからどうしようかなあ……」

初めは町まで行って、適当に仕事を探して、家を借りて、お金を貯めて、できることなら素敵な恋人を作ってと、漠然《ばくぜん》とした計画を立てていた。

しかしこの体力のなさで、雇ってくれるお店が果たしてあるのだろうか。

『世界一周なんてどうかしら。私、色々なところを見てみたいわ』

「黙っててください。一キロ歩いたら倒れる体でそんなことできるわけないでしょう」

人の気も知らないで、楽しそうな旅を勝手に夢想しているカローナさんにデコピンをする。いや、どこがデコかは分からないが。

そもそも、私はそんな大きなことや、特別なことなどしたいとは思っていないのだ。もっと普通の、一般的な、ありふれたことを思いっきりしたいのだ。

「デスクワークでもやれたらいいんだけど……それも、この体じゃ辛そうだなあ……」

遠い目をして呟くと、向けたその視線の先に、何台かの馬車が停まっているのが見えた。人が集まって、一つの馬車を囲んで話し合っている。何か問題が起こったようだ。

「なんだろう……ちょっと行ってみよう。カローナさん、魔法ってどうやって使うんですか？」

『あら、魔法を使っていいの？』

「困っている人を助けるのに、力を出し惜しみなんてしてられないでしょう。私は自分が怠《なま》けるために魔法を使うのが嫌なんですよ」

デコピンされてフラフラしていたカローナさんが目の前に降りてきたので、手の平を差し出して、そこに着地させる。カローナさんはそのままじっとしながら、話を続けた。

『ふーん……魔法なら、適当にイメージすればだいたい使えると思うわ。下界の子たちはみんな呪文とか言ったりしてるけれど、私、そんなの使ったことないし。イメージが難しかったら、まあ、適当に何か呟いたりしてみればいいんじゃない？』

「ま、魔法ってそんなアバウトな感じで使えるんですか!?」

『使えるわよ。女神だもの』

当たり前でしょ？　とでも言うように、カローナさんは淡々と告げる。

その言葉を信じて、私は恐る恐る魔法を試してみることにした。

「わ、分かりました……えっと、じゃあ……と、飛べっ！」

自分が空を飛んでいる姿をイメージして、それを口に出してみると、不思議と魔力が体の中を流れていくのが分かった。瞳の色と同じ、薄い紫色をした魔力が体から流れ出たかと思うと、次の瞬間には、私は空に浮かんでいた。

「……うわあ！　すごい、すごい！　カローナさん！　私、空飛んでます！　本当に空飛べてますよ！」

『私も飛んでるわ』

「はい！　一緒ですね！　すごいです！」

『……可愛いわね……』

カローナさんの言葉を無視して、自由に空を飛び回る。

不思議と、魔力をどう使えば空を飛べるのかは、頭で考えなくても、手や足を動かすことのように自然に分かった。いや、むしろ慣れないこの体よりも、魔力を動かす方が遥《はる》かに簡単だとさえ思えた。

空を飛ぶという経験があまりにも新鮮で、楽しかったので、しばらく我を忘れて夢中になってしまっていた。

そして気が付くと、私は先ほどの集団に近付きすぎていたらしい。眼下では、馬車を取り囲んだ一団が、あんぐりと口を開けて茫然《ぼうぜん》とこちらを見つめていた。

「……ね、ねえカローナさん……この世界の人って、よく空を飛んだりするんですか？」

どうかそうであってくれと願いながら、私はカローナさんに問いかけた。

『え？　さあ……私は今まで見たことないわ、そんな人』

「ですよね。すっごい目で見られてますもんね、私たち」

『たちじゃないわ。あなただけよ。私の姿はカンナ以外には見えないもの』

「あ、そうなんですか……それは説明が省《はぶ》けて助かりますね……」

焼け石に水だけど、と心の中で付け足した。

さて、どうやって誤魔化《ごまか》したものか……とりあえず、ばっちり目が合ってしまった以上はいつまでも空中にいるのも不審なので、ゆっくりと地上へ降りていく。

私が降りてきたのを見て、下にいる人たちが一斉にざわついた。うう、気まずい……

そこには、商人のような格好をした男が数人と、その護衛なのであろう、しっかりと武装した男四人、女二人が集まっていた。武装した人たちは、みんな手に武器を握《にぎ》っている。構えてはいないまでも、少なからずこちらを警戒していることが窺《うかが》えた。

『カンナ、気を付けなさい。今のあなた、接近戦は虫より弱いわよ』

「悲しいこと言わないでくださいよ……」

カローナさんがふわふわ飛んできて、私の頭の上におさまる。本当に私以外の人に見えていないのか、少しだけ不安だ。

とりあえずこれ以上警戒させないように、ゆっくり、慎重《しんちょう》に地上へ着地した。

「あー……えっと……こ、こんにちは」

「…………」

ひとまずあいさつしてみたが、返事はない。警戒されているのか、そもそも言葉が伝わらないのか。

『転生するときに調整したから、言葉は伝わっているはずよ』

私の考えを察知して、カローナさんが教えてくれる。

「えっと……私は、カンナという魔法使いです。町を目指して歩いていたところ、みなさんをお見掛けしまして……あの、何かお困りですか？」

一語一語はっきりと、慎重に伝える。こちらの善意がちゃんと伝わるように真っ直ぐに相手を見ながら、しかしいざという時のために逃げ出す心の準備だけはしっかりとしておく。

彼らのうち、先頭に立つ護衛たちの、リーダーらしき男がこちらに向かって声を発してきた。

「俺たちはセルフィアの町の商隊だ。俺はハンターギルド所属、銀狼《ぎんろう》の眼《め》のリーダーのモーラン。一応Dランクハンターで、この商隊の護衛として雇われている。あんたは、敵ではないんだよな？」

訝《いぶか》しむような目を向けられた私は、思わず焦って否定してしまいそうになる。しかしここで慌ててはますます怪しまれてしまうため、冷静に、毅然《きぜん》とした態度で答えた。

「敵ではありません。あなたたちに危害を加えるつもりもありません。もしもご迷惑であれば、今すぐにこの場を去ると約束しましょう」

モーランの眼を真っ直ぐに見返しながら、はっきりと告げる。そのまましばらく視線を合わせていると、やがてモーランが溜息《ためいき》をついて視線を逸《そ》らした。

「……分かった、敵ではないようだな」

「ご理解いただけたようで、嬉しいです」

「まだ信用したわけでもないんだがな」

そう言ってニヤリと笑う。私もつられて、にこりと微笑んだ。

「……しかし綺麗な嬢《じょう》ちゃんだな……最初見た時は、女神かなんかかと……」

モーランがそう言って私の顔をしげしげと眺める。私は恥ずかしくなって、顔を逸らした。

すると突然、モーランの後ろからひょこっと女性が顔を出し、目を輝かせながら、私に詰め寄ってきた。

「ねえねえ！　さっき飛んでたのって、魔法？」

「え？　は、はい……そうですけど……」

「ほんとに⁉　すごい！　私も魔法使いだけど、あんな魔法初めて見たよ！」

嬉しそうに私の手をとって、ぶんぶんと振り回す。華奢な体で抵抗することもできない私は、口からあうあうと情けない声を漏らした。

「あ、あのあの、腕、痛いです……」

「え？　あ、ごめんね！」

女性はバッと手を離して、すぐに謝ってくる。申し訳なさそうな顔をしているが、それでも目だけは興味深そうに私を見つめていた。

モーランもこの女性も、この世界の人々は私が元いた世界と比べて、みんな容姿がとても整っているように見える。私も今はその中の一員なのかもしれないが、自分ではそんな意識はまったくないため、やはり少し戸惑ってしまう。つまり、あまりジロジロ見られると照れるのだ。日本人の慎《つつ》ましさを舐《な》めるな。

「それで、何かお困りでしたか？　私になにかできることがあれば、お力になりますけど」

仕切り直してそう尋《たず》ねる。

モーランは僅《わず》かに逡巡《しゅんじゅん》すると、一歩横へ退いた。判断を雇い主に任せたのだろう。

後ろから、年嵩《としかさ》の商人が顔を出す。彼は私を見据えると、困ったように眉尻を下げて言った。

「実はな……さっき魔物に襲われて、五台あった馬車の内の一台が壊れてしまったんだよ。エルネ村からの荷物を運んでいたんだが、馬車一台分の荷物を失うのはもったいなくてな……なんとか馬車を修理しようとしても、なかなか上手くいかず……なあ魔法使いの嬢ちゃん。あんた、直せないか？」

なるほど、そういう事情が……と思う前に、まず「え？　魔物出るの？　こわっ」と思ってしまった。生まれてこの方、戦いなんてしたことないのだから仕方ない。

「……嬢ちゃん？」

男性は黙ってしまった私を不思議そうに見ていた。いけないいけない、なんとかする方法を考えないと。

「えっと、ちょっと待ってくださいね……」

そう言って数歩下がって後ろを向く。怪しまれてるかなーと思いながら、小声でカローナさんを呼んだ。カローナさんはいつの間にか私の胸の中に帰ってきていた。

「カローナさん、カローナさん。物を直す魔法とかってないですかね？」

『なくはないけど……おすすめはしないわね』

「え？　何でですか？」

カローナさんの言葉の意味が分からずに問いを重ねた。あるなら使ってあげればいいと思うのだが……

『だって、なんでも物を直せる魔法なんてものが広まったら、みんながあなたを放っておかないわよ。それに、新しいものが売れなくなったり、修理屋が潰れたりして、たくさんの人に恨《うら》まれるかもしれないわね』

カローナさんの言葉に納得する。そして同時に、自分の浅はかさに呆れてしまった。

「な、なるほど……でも、じゃあどうすればいいんでしょうか……商人さんたち、とても困ってるみたいですけど……」

『放っておけばいいと思うけど……そうね……ある程度の荷物は他の馬車に分けて積んで、どうしても積みきれなかったものは収納魔法でしまっちゃえば？　収納魔法なら他にも使える人は結構いるし。まあ、容量によっては、ちょっと驚かれるかもしれないけれど』

カローナさんは悩みながらもそう答えてくれた。さすが女神と言うべきか、いざという時にはちゃんと頼りになるのだと実感した。

「なるほど！　じゃあそう提案してみますね！」

『ええ。ちなみに、私があなたの中にいたり、胸にくっついたりしてる時は、心の中で喋《しゃべ》ってくれれば聞こえるわよ』

『先に言ってください！』

やはり前言撤回《ぜんげんてっかい》だ。こんな自由でマイペースなやつが女神なんて、私は認めない。

気を取り直して、商人の男性に向き直る。

「すみません、お待たせしました」

「あ、ああ……なにやらブツブツ言っていたけど、その、なんだ……大丈夫か……？」

男性が優しい目を向けてくる。なんだろう。頭がおかしい系とか思われたのだろうか。

「ええ、ちょっと解決策を考えていました。それでですね、私、実は収納魔法が使えるんですけど……ある程度荷物を他の馬車に移してくれれば、残りは私が運びますよ？」

「何⁉　本当か⁉」

男性が驚きの声を上げる。ここでは収納魔法も、そこそこ珍しいのだろうか。

「それじゃあ、悪いが頼めるか？　嬢ちゃんはどっかの馬車に乗せてもらうといい。荷物を運んでもらう礼に、町まで責任をもって送り届けよう」

「そうですか？　なら、お言葉に甘えますね。ありがとうございます」

「礼を言うのは俺たちの方さ！　よしお前ら、急いで荷物を移せ！　嬢ちゃんの負担を少しでも減らしてやれよ！」

男性が大声を張り上げてその場の全員に聞こえるようにそう言うと、商人たちが一斉に返事をした。

『負担ってなんですか？』

魔法の仕組みというものがよく分からなかったため、心の中でカローナさんに聞いてみた。

『収納魔法は、中に入れる荷物の総重量と、その体積の掛け合わせによって、消耗《しょうもう》する魔力量が決定されるのよ。みんな、あなたの負担を少しでも減らそうと、ああして荷物を小さく纏《まと》めたり、軽くしたりしているの』

カローナさんの言葉に、またしてもなるほど、と感心してしまった。魔法、学んでみると奥が深くて楽しいかもしれない。

『魔法大学とかもあるらしいわよ。いつか行ってみたいわ』

『はいはい、そのうち行けたらいいですね。いきなり人の心を読んでこないでください』

カローナさんとそんな会話をしながら、商人たちが作業を進めていくのを黙って見つめる。

しばらくすると、先ほどの男性が再び話しかけてきた。

「まだ結構残ってるが、これくらいが限界だな……よし、嬢ちゃん。できる範囲でいいから、頼めるか？」

「あ、はい。分かりました」

壊れた馬車を見ると、まだ半分近くの積み荷が残っている。置いていくのはもったいないし、頑張って全部持って帰ろう。

そう思って、大量の荷物を空間に収納するイメージを思い浮かべる。

「……収納」

無言はなんとなく気まずかったので、ボソッと一言だけ呟いてみた。

すると馬車の上の空間に大きな黒い穴が開いて、ゆっくりと下降していく。そして馬車の荷物を、壊れた馬車ごと呑《の》み込《こ》んでいき、地面まで達したところで消失した。

イメージ通りに魔法が発動したことに、小さく安堵《あんど》の息を漏らす。

「できました。じゃあ、出発しましょうか」

そう言って振り返ると、誰もがポカンとした顔でこちらを見つめていた。

「……え？　な、なんですか……？」

見られる意味が分からず、怖くなって思わずたじろいでしまう。

「じょ、嬢ちゃん……あんた今、馬車ごと収納したか……？」

「え？　しましたけど……あ、もしかして馬車は捨てていくつもりでした？」

「……いや、嬢ちゃんが大丈夫なら、いいんだが……」

「……？　別に大丈夫ですけど……馬車くらい」

　というか、別に私の馬車じゃないし、持っていこうが置いていこうが私に関係はないだろう。おかしなことを聞くものだと思っていると、周囲からひそひそと声が聞こえてくる。

「嘘だろ……俺、残りの積み荷の三分の一でも収納できればいい方だと思ってたよ……」

「なんつー収容量だよ……おい、お前収納魔法が使えたとして、同じことできるか？」

「できるわけないでしょ、あんなの……速攻で魔力が尽きて潰されちゃうよ……多分、私の百倍以上は魔力があると思う……」

　聞き耳をたてるまでもなく聞こえてくる会話に、サーッと顔が青くなる。

『ねえ、カローナさん。収納魔法の平均的な収容量って、どれくらいなんですか？』

『そうね……一時間維持するとして、だいたい空の木箱一つ分くらいかしら。すごい人は三つ分くらいは容《い》れられるらしいけど』

　頬を冷や汗が伝う。何度でも言おう。私は、普通を求めているのだ。

『じゃあ、私が今収納した量って……』

『まあ、中身が詰まってるし……その三十倍くらいはあるんじゃない？』

　それを聞いた途端《とたん》、急に周囲からの視線を痛く感じ始める。針の筵《むしろ》に座るような気持ちで、席を空けてくれた馬車の御者台に座った。

若い商人が、びくびくしながら隣に座る。横目で見てみると、すごい勢いで目を逸らされた。気の毒なことに、今にも泣きだしそうな顔をしている。

『カローナさん……ほんとに、次からはそういうの、先に言ってくださいね……お願いですから……』

『善処《ぜんしょ》するわ』

『絶対に！　お願いします！』

馬車は気まずい空気を同乗させたまま、セルフィアの町に向かって走り出す。

それからの道中は、会話など一切なく、驚くほど静かに過ぎていった。

あの気まずさは、もはや何らかの罰だったと言っていいだろう。私にとっても、商人たちにとっても。

……そんなに怖がられると、私も泣きそうになってくるのだが。

3　イスク防具店の看板娘

『カンナはどうして、そんなに普通にこだわるの？』

セルフィアの町までの道中、気まずい沈黙に退屈していたカローナさんが、何とはなしに聞いてきた。

『何ですか、いきなり？』

『別に……ただ、聞いてみたくなっただけよ』

どうして普通にこだわるのか。そんなこと意識したこともなかった私は、改めて自分が求める普通について考えてみた。

『そうですね……よく分かりませんが……普通って、誰にでも優しく、平等に与えられているようでいて、実際はそうでいるために求められるハードルって、びっくりするくらい高いじゃないですか。そういうところが、私は好きなんです』

自分でも深く理解はしていないが、一言ずつ、きちんと考えながら話をした。

『どういうこと？』

カローナさんが、よく分からないというように尋ねてくる。そこまで追及されても、私だってよく分かっていないのだが。

『えーっとですね……周りから見て普通で居続けるのって、実はものすごくエネルギーを使うことなんじゃないかなって思うんです。外からは何気ない日常に見えても、実はすっごく努力して維持《いじ》し続けてるのかもしれないじゃないですか』

私はそこまで伝えて一息つく。そして少しだけ悩んだあと、また言葉を続けた。

『極端なことを言ってしまえば、一時の間「変わってる」とか「特別だ」とかって言われるよりも、普通の日常を守り続けることの方が、よっぽど大変だと思うんですよ、私は。だからこそ、人から後ろ指を指されたり、馬鹿にされて笑われたりしても、「私はこんなに頑張っているんだぞ」って、強気でいられるんです。私にとって普通って、そういう、心の鎧《よろい》みたいなものなのかもしれないですね』

こんなに素直に胸襟《きょうきん》を開いて語れるのは、心の中での言葉だからだろうか。きっと口に出しては、とてもじゃないが恥ずかしくて言えないだろう。

『……よく分からないわ。私にとっては、自分のやりたいようにやるのが普通だもの。誰に笑われようと、関係ないじゃない』

カローナさんの言葉に、私は思わず吹き出してしまった。

『そうですね……カローナさんはそうかもしれませんね。きっと、みんなあえて言わないだけで、普通なんてものは人それぞれ違うんですよ。私の普通と、カローナさんの普通は違います。多数派にとっての普通と、誰かひとりにとっての普通も、それと同じくらい意味がまったく違います。そして、それでいいんじゃないですか。その方が、きっと人生は楽しいですよ』

多少投げやりになってしまったが、偽《いつわ》らざる私の本心だ。私は私の決めたルールに従って、これからも普通を目指していこうと思う。

『そう……楽しいのは、いいわね。素敵な考え方だわ、ふふっ』

カローナさんが、そう言いながら愉快そうに笑っている。つられて私も笑顔になった。

『じゃあ、今夜は私、普通のハンバーグが食べたいわ』

『え？　カローナさんってご飯食べるんですか？』

『カンナが食べれば私も味を感じるわ。私たちは一心同体だもの』

ええ、初耳なんですけど……と、私は心の中で抗議の声を上げた。それに今日は麺類《めんるい》の気分なのだ。ハンバーグの付け入る隙はない。

急に吹き出し、一人でニヤニヤ笑い、顔を顰《しか》める私の横で、気付けば商人の男の子が、心底恐ろしいものを見る目で私を見ていた。

いや、違うんですよ！　と言い訳をすることもできず、私はポーカーフェイスを極めようと心に誓《ちか》うのだった。


半日程馬車に揺られて、最寄りの町、セルフィアに辿《たど》り着《つ》いた。

商人さんたちのお店で収納から馬車を取り出すと、こっちが恐縮《きょうしゅく》するくらい大袈裟《おおげさ》にお礼を言われ、大きな袋に入れられた結構な量の硬貨《こうか》を無理やり渡された。

私のことは誰にも言わないでおいてくださいとお願いすると、みんな壊れた人形のようにぶんぶんと首を縦に振った。そうして、商人さんたちとはそこで別れた。

さて、これからどうしたものか。

とりあえずもう日も暮れそうなことだし、適当に宿でも探して、仕事は明日探すとしよう。そう考えると、商人さんたちがくれたお金は非常に助かる。ありがとう、商人さん。

「この辺りで、評判のいい宿ってありますかねえ……」

『さあ。聞いてみたら？』

「そうしたいところなんですが……」

さっきから、もの凄く視線を感じるのだ。老若男女《ろうにゃくなんにょ》問わず、すれ違う誰もが無遠慮《ぶえんりょ》に私を見つめてくる。

気持ちはすごくよく分かる。私だって、こんな現実離れした美少女が歩いていたら、我を忘れて視線を向けてしまうだろう。

それにこの奇抜《きばつ》な格好も、視線を集めるのに一役買っていた。なにせ、こんなヒラヒラした服で歩いている人など、私の他に一人もいないのだ。

本当に、カローナさんは余計なことをしてくれた。

「流石に聞きづらいというか……ちょっと声をかけたら、そのままどこかへ連れていかれそうな気がします……」

『そう。物騒《ぶっそう》な町なのね』

「あなたのせいですからね」

誰にも声をかけることができず、歩くだけでセルフィアの町をざわつかせながら、私は重たい足取りで宿屋を探し回った。

周囲に野次馬が多すぎて、逆に誰にも声をかけられなかったことは、ある意味では幸運だったのかもしれない。

◇　◆　◇　◆　◇

セルフィアは大きな町だ。

人はたくさんいるものの、人手は常に不足している。それくらい、町には多くの仕事があった。内容を選びさえしなければ、少なくとも働いて給金を得ることはできる。

町には活気があり、人々の顔は明るかった。きっと立派な統治者が、その辣腕《らつわん》を振るっているのだろう。

……あるいは、私の目の前の光景だけが、単に騒々しいだけかもしれないが。

「なあ、カンナちゃん！　このガントレット買ったら俺とデートしてくれる？」

「そちら小銀貨四枚と銅貨二枚になりまーす」

「よし、買った！　それでさ、今日このあと……」

「ありがとうございましたー。次の方どうぞー」

接客業をしていると、感情を殺すのが上手くなる。

セルフィアの町に到着して五日。私は、イスク防具店という店で従業員として働いていた。

防具店である以上、客として来るのは兵士やハンターといった荒事に従事する人たちが多い。中には女性客も結構いるのだが、面倒なのは男性客だ。

兵士には基本的に出会いがないし、ハンターたちの周りにいる女性は同じハンターということで、みんな気の強い人ばかり。

必然、防具店で働く気の弱そうな美少女などは、彼らからすれば格好の獲物《えもの》となるわけだ。

そんな彼らを相手にするうちに、初めはやりがいを感じていたはずの防具店の仕事も、今ではただの作業になってしまっていた。

「はあぁ……フリドさんに申し訳ないなぁ……」

雇い主の男性の顔を思い浮かべて、気分が重くなる。

どうして私が彼に雇われることになったのか。話は数日前に遡《さかのぼ》る。


セルフィアの町をくまなく歩き回り、住民に顔を売ってしまった私は、その事実に気付かないまま一つの宿屋に入った。

老夫婦と孫娘の三人で営む小さな宿屋で、特別部屋がいいというわけではないが、隠れ家的な雰囲気が気に入った。漂ってきた晩ごはんのいい匂いにつられた、というのもある。

ちなみに晩ごはんは、カローナさんの強い希望でハンバーグになった。こういう異なる意見の対立は、大抵しつこい方に軍配が上がるのだ。

小さな木造の、可愛らしい部屋で一泊した私は、まずは服や日用品を買い揃えに行った。

宿屋から出ると既に人だかりができていて、流石に二日目ともなると、野次馬も遠慮なく声をかけてきた。

『あらあら、カンナ。人気者ね』

「嬉しくありませんよ……」

能天気なカローナさんを恨みつつ、男性たちからの熱烈なお誘いを断って、宿屋のおばあちゃんに聞いた服屋に向かって歩いた。

とりあえずは無難にということで、紫紺色《しこんいろ》のような暗い紫《むらさき》のローブを買った。私は魔法を使えますよ、という証の刺繍《ししゅう》を袖口《そでぐち》にしてもらい、顔が見えないように深くフードを被る。

紫色のローブは素人魔法使い用の衣服らしく、この町でもちらほらと着ている人を見かけたため、私が着ていてもそこまで変ではないだろう。

それから、シャツやズボン、下着類の他に、作りの良い頑丈そうなブーツと、ついでに可愛らしいシンプルなブレスレットを買った。

やはり靴《くつ》にはお金を惜しんではいられない。別に人に見られるからとか、素敵な場所に連れて行ってくれそうなんてメルヘンな理由ではなく、単純に靴くらいいいものでないと、歩き回るのに辛いのだ。特に、この貧弱な体では。

『貧弱なんて。失礼ね』

「碌《ろく》に走ることもできないくせに、よくもまあそんなことが言えますね」

『……カンナは意地悪ね』

「お互い様でしょう」

私は昨日一日で、この体のポンコツさを嫌というほど思い知ったのだ。

歩けば疲れて動けなくなり、走っても徒歩とほとんど速度は変わらない上に、頻繁《ひんぱん》に転んでしまう。椅子を引いて座るのにも一苦労だ。食事中に顎《あご》が疲れて、肉が噛《か》めなくなってしまった時には流石に呆れて何も言えなかった。

「どんな生活を送れば、ここまで何もできない体が出来上がるのか……」

『不老不死の体で、ずーっと引きこもっていれば完成よ』

「別に作りたいわけじゃありませんから！」

一通り衣服を揃えた私は、雑貨屋で細々とした日用品を買ったあと、一度宿屋に荷物を置きに戻った。

その後、職業斡旋所《しょくぎょうあっせんじょ》という場所に顔を出し、私でも働けそうな仕事はないか探した。

「といっても、なかなかないですよねぇ……私にもできる仕事なんて……」

『カンナは仕事ができないの？』

「あなたの体が足を引っ張ってるんですよ！」

最初は飲食店で働こうとしたが、ホールで動き回ることも、キッチンで大量の料理を作ることも不可能なことに気付いた。一時間もしないうちにぶっ倒れて、店に迷惑をかけてしまう。

ならば収納魔法を活かして運送業の手伝いなどはどうかと考えたが、何日も移動し続けることはできない。馬車での移動の辛さは初日に十分思い知った。

自分にできることはなんだろうと、あれこれ頭を悩ませてみたものの、どうしても体力のなさが最後の障害になってしまう。

いっそ自重せずに好き放題魔法を使ってしまおうかとも考えたが、後が怖いので、それも実行には移せない。誰かに目をつけられて、何らかの厄介事に巻き込まれるところまで、容易に想像できた。

どうしたものかと頭を抱えていた時に斡旋所の職員に紹介されたのが、その時たまたま従業員募集の届けを出していた、イスク防具店の店主、フリド・イスクさんだった。

まだ若い店主で、二十代後半くらいだろうか。人の好《い》い優しそうなタレ目に、短い茶髪が爽《さわ》やかな好青年、という印象だった。

フリドさんの話では、今までは一人で店を回していたが、鍛冶《かじ》に専念したいため、新しく受付兼販売員を雇うことにしたそうだ。

一人一人の希望を詳しく聞いて、時間をかけてオーダーメイドの防具を作るタイプではなく、汎用型の廉価品《れんかひん》を大量に製造・販売する体制に切り替えていきたいらしい。

私にとっては好都合な仕事だった。普段は店内の掃除《そうじ》をして、疲れたらカウンターに座って休憩する。お客様が来れば応対し、重たい防具を持たなければならない時だけは魔法でなんとか誤魔化す。適度に働けて、適度に休める。理想的な職場だった。

こうして、私はイスク防具店の従業員として働くことを決めたわけだ。

……ところが。

「ねー、カンナちゃん。この胸当ての付け方教えてくれない？」

「はい、カンナちゃん。これプレゼントね」

「どうする？　このあと飯行く？　行こっか？　俺、全然待つよ？」

働き始めて三日目で、この有《あ》り様《さま》だ。店内は人でごった返し、まともに掃除もできやしない。ただ黙々と客の戯言《たわごと》を聞き流し、防具を売り続けるだけの日々だ。

「はあぁ……ほんと、フリドさんに申し訳がない……」

深い深い溜息をつく。

従業員として働くのであれば、当然顔を隠すフードは外さなくてはならない。

私が顔を出して受付に座っていると、瞬《また》く間《ま》にその噂《うわさ》は町中に広がって、店内は見物客で溢《あふ》れるようになった。

曰《いわ》く、「とんでもない美少女が防具屋で働いているぞ」と。

一応私が働きだしてから売り上げはうなぎ登りで、フリドさんは喜んでくれていたが、私としては心が重い。特別手当を貰《もら》うのを固辞《こじ》したほどだ。

だってお客さんたちは、物が廉価で買いやすいので、私との話の切っ掛けに買っているだけだ。そんなのは、きっと鍛冶師の本懐《ほんかい》じゃないだろう。

何より、フリドさんの作る防具は本当に良い品なのだ。普及品とはいえ、「安くて良い品を」をモットーに、一つ一つ心を込めて作っている。お金のない駆け出しのハンターや、命を懸《か》けて町を守る兵士たちが、少しでも傷つかずに済むように。その命を散らさなくて済むように。毎日真剣に作っているのを、私は知っている。

だからこそ、悔しいのだ。

「でも、どうすればいいんだろ……」

もっと、フリドさんの防具をちゃんと見て欲しい。

私は勝手にそんな願いを抱きながら、その日も店が閉まるまで、ひたすら防具を売り続けた。

……ところで出待ちをしている男たちは、今日はいつになったら帰ってくれるのだろうか。

4　フリド店主の悩みごと

「カンナちゃん……お昼ご飯の前に、ちょっと相談があるんだけど……いいかな？」

仕事にも慣れてきた、ある日のお昼休憩中。イスク防具店の店主であるフリドさんから、深刻そうな顔で話しかけられた。

イスク防具店では、お昼時には一度店を閉めて、二人で昼食をとる。フリドさんは放っておくと一日中何も食べずに防具を作り続けるため、私が勝手に決めたルールだ。

おにぎりやサンドイッチなど、短時間で済ませられるような簡単な料理を私が作る。出来上がったらフリドさんを呼んで二人で食べたあと、隣のイスク武器店へお裾《すそ》分《わ》けするというのが、ここ何日かの流れだった。

ちなみにイスク武器店の店主はフリドさんのお父様であるクロードさんで、厳格《げんかく》な、いかにも武器職人といった感じのしかつめらしいお方だ。

閑話休題《かんわきゅうだい》。フリドさんから相談を持ち掛けられた私は、休憩中の思わぬ恐怖に固まってしまった。まさか、クビ!?　と、あらぬ想像が頭をよぎる。心当たりのある人間は、悪い方に考えてしまうものだ。

顔を引きつらせて固まる私に向かって、フリドさんは心配そうに声をかけてくる。

「あの……カンナちゃん？　大丈夫？」

「はい!?　だ、大丈夫ですよ！　相談ですよね！　何でしょうか！」

「う、うん……本当に大丈夫……？」

いけないいけない。心配をかけてしまった。

まだクビだと決まったわけではないのだから、気丈に構えておかなければ。

「ふぅ……すみません、大丈夫です。それで、相談とは？」

呼吸を整えて、改めて尋ねる。

フリドさんの目を真っ直ぐに見つめると、やはりどこか深刻な問題で悩んでいるように見える。

自然と背筋が伸びた。

「うん、実はね……今のお店の状態についての話なんだけど……」

「……あ……やっぱり私、クビですか……」

ジワッと、瞳に涙が浮かぶ。

短い間だったし、何もできなかったけれど、いい思い出にはなったなぁ……

そんなことを思っていると、慌てた様子でフリドさんが手を横に振った。

「ク、クビ!?　まさか！　カンナちゃんをクビになんかしないよ！　カンナちゃんにはたくさんお世話になってるし、とっても感謝してるんだから！」

「え……あ……そうですか……よかったぁ……」

フリドさんの言葉に安堵して、思わず息が漏れる。

しかしすぐに気を引き締め直すと、再びフリドさんと目を合わせた。

「すみません。続けてください」

「うん……今って、一つ一つ特注で作ってるわけじゃなくて、同じ形の商品をいくつもまとめて作って売ってるでしょ？　個人に最適な防具って訳じゃないけど、その代わり安くて、ある程度の品質を保証する、って感じで」

「そうですね」

私は頷きを返す。フリドさんは話を続けた。

「……本当に、それでいいのかなって思ってね……」

「……というと？」

それの何がいけないのか、私には分からなかった。

お店の経営方針はそれぞれだ。高級志向のお店もあれば、安く多く売ろうというお店もある。付加価値をつけたり、宣伝を工夫したり、アフターサービスを充実させたりと、みんなが努力して差別化を図っている。それぞれに独自性があり、そのどれもが間違いではない。

そして少なくとも、イスク防具店ではこの体制で利益が出ているのだ。自分のスタイルを疑う理由が、私には分からなかった。

……私の存在や、売れ方に不満がある、という訳でもないようだし。

「このまま同じ物を作り続けても、僕は鍛冶師として成長できないんじゃないかと思うんだ」

フリドさんは不安そうな目をこちらに向けながらも、はっきりとそう言った。

「僕にはある目標がある。いつか、父さんを超える鍛冶師になることだ。でも、今みたいな毎日を続けても、父さんに近付けるような気がしないんだ」

「……なるほど」

私はゆっくりと頷きながら、どう返したものかと考えていた。

本当に真っ直ぐで、努力家の青年だと思った。いや、年齢的には壮年《そうねん》か？　そういえば壮年って何歳くらいを指すんだっけ？　まあ、見た目が若いし青年でいいか。

「カンナちゃん……君はたまに、父さんの店にも手伝いに行ってるよね。率直に、僕と父さんの作品がどう違うのか、教えて欲しいんだ」

「手伝いと言っても、お昼を届けて、ついでにお店の掃除をするくらいですけどね。商品には絶対に触るなと言われてるので。そもそも私、鍛冶については素人《しろうと》ですし」

「それでもいい。いや、むしろ完全な第三者の意見が聞きたいんだ」

フリドさんは真剣な目で訴《うった》えてくる。

うう、そんなに真っ直ぐな目で見つめられましても……困ったなぁ……

「……そうですね……では、少し待っていてください」

私はそう言って席を立つと、店頭に並べられていた二つの籠手《こて》を持ってきて、フリドさんの前に置いた。

「この二つの籠手、どう思いますか？」

「え？　どうって……やっぱり普通すぎて、個性がないというか……」

「違います。ここを見てください」

二つの籠手を揃えて重ねる。すると片方の籠手の親指の部分が、もう片方よりもほんの僅かに短かった。

「これは……でも、これくらいの誤差はどうしても……」

「フリドさんはさっき言いましたよね。同じ形の商品を作って売っている、と。これ、同じ形ですか？」

「そ、それは……」

フリドさんは悔しそうに下を向く。私だって、こんな揚《あ》げ足《あし》を取るような真似はしたくない。だが、これは彼が望んだことだ。

「お父様……クロードさんの作品は、全て一点ものではありますが、そのどれもが細部に至るまで完璧に作りこまれているように感じました。きっと同じものをもう一振り作ってくれと言えば、寸《すん》分《ぶん》たがわず同じものを作り上げることでしょう」

フリドさんは黙って聞いている。私はそのまま続けた。

「フリドさんは先ほど、『これくらいの誤差』と言いました。『これくらい』、職人が最も言ってはならない言葉です。それは、妥協《だきょう》です。クロードさんは自分の作品に対して、絶対に妥協は許しません」

フリドさんはしばらく何も言わなかった。

私が席に着くと、ゆっくりと顔を上げて、恐る恐る尋ねてきた。

「でも……父さんが作っている物と、僕が作っている物は違う。父さんの作品は誰から見ても個性的で、魅力的で……僕のは、地味で、普通で、無個性で……そんな物を完璧に作ったからって、父さんを超える鍛冶師になんて……」

「個性とは、人と違うことではありません」

フリドさんの話を遮って、私は声を上げる。

一度水で喉を湿らせると、再び話し出した。

「先ほども言いましたね。個性がないと。ですが私は、個性のない人間なんていないと思っています」

「え……どうして……？」

フリドさんは目をぱちくりとさせて聞いてくる。

「私は、ちょっと人と違ったり、変わったりしている人だけが個性的なんだとは少しも思いません。後付けされた不純物を全て取り除いていって、何も取《と》り繕《つくろ》うものがなくなった時、最後に残った人間性……その人をその人たらしめる、嘘偽りのない内面からようやく滲《にじ》み出《で》てくるもの……それが人の個性だと思っています。個性のない人なんて、絶対にいないんです」

そこまで言って、私は目の前に置かれた籠手を手に取った。

素人ながら、良い品だと思う。使う人のことを考えて作られている。細部の研磨《けんま》や、丸みを帯びた側面部、適度な重量感。丁寧《ていねい》な仕事で作られた、優しい防具だ。

「クロードさんの武器が魅力的なのは、クロードさん自身が魅力的な人だからです。彼の内面に人を惹《ひ》きつける魅力があって、そしてそれを表現できるだけの技量があるからこそ、彼の武器は人から愛されるのです」

私は指先で籠手の感触を確かめながら、フリドさんの目を見て言った。

「そして私は、フリドさんにも、クロードさんに勝るとも劣らない素敵な個性があると思っています。ですから、自分の作品を卑下《ひげ》して言う必要なんて、まったくありませんよ」

にこりと微笑んで、籠手を差し出す。

フリドさんは差し出された籠手をじっと見つめたあと、優しい手つきで受け取った。

「……ありがとう、カンナちゃん」

「いえいえ、拙《つたな》い相談相手ですが。さ、話は一旦置いておいて、まずはお昼食べちゃいましょう。今日は和風きのこパスタですよ」

「和風……？　よく分からないけど、美味《おい》しそうだね」

そう言って、フリドさんは微笑《ほほえ》む。防具を作り続けて、きっとお腹も空いていることだろう。

どんな小さな悩みごとでも、お腹が空いていては解決するのは難しい。逆に美味しい物を食べて笑っていれば、大きな悩みごとだってどうでもよくなったりするものだ。

さあ、ご飯にしよう。

お昼のパスタが、フリドさんの口に合えばいいのだが。

『……だし醤油《じょうゆ》があるのに、和風って概念《がいねん》はないのね……』

うるさいわ。私も思ったわ。


「だいたいですね。『いつか父を超えられるだろうか』なんてはてしない未来に不安を感じている内は、全然大丈夫ですよ。はっきり言って余裕ありすぎです。甘々です」


昼食後。

二人で洗い物をしながら、私は口を尖《とが》らせてフリドさんに苦言を呈《てい》していた。

「世の中には、どうなるか分からない未来のことも、過ぎ去ってしまった過去のことも、どちらも考える余裕がない程、毎日を懸命《けんめい》に生きている人だっているんです。まあ、そこまで場当たり的になれとは言いませんが、しかし少しくらいは見習ってみてもいいかもしれませんよ。毎日が不安なのは、不安を感じるだけの余裕があるからですから。遠い未来に思いをはせる余裕なんかないくらい、毎日目の前の仕事に没入してみてはいかがですか？」

私から受け取った皿をタオルで拭《ふ》きながら、フリドさんは苦笑いを浮かべる。

「前から、カンナちゃんは見た目と歳の割にしっかりしているというか……働き者だとは思っていたけど……何というか、すごい所で暮らしていたんだね……？」

「そんな仕事中毒者を見る目で見ないでください。私は普通です」

泡のついた手でフリドさんの視線をぱたぱたと遮りながら、私は続けた。

「そうですね……何か一つ目標を作って、とりあえずしばらくはそれに邁進《まいしん》してみる、というのはどうでしょう？」

私の言葉に、フリドさんが皿を拭く手を止めた。

「え？　目標なら、さっきも言ったように、父さんを超える鍛冶師になるっていう……」

「ああ、違います。そういうのではなくてですね。んー……」

水につけたフォークを指先で弄《もてあそ》びながら、少し頭の中で考える。

「いいですか、フリドさん。『目標』を立てる時は、できるだけ具体的な内容にしなくてはなりません。また、達成するまでの明確な道筋が見えないようなスケールの大きなものを、目標にしてはいけません。それは子どもが抱く夢や憧れと同じようなものですから。それでは絶対に続きません」

フォークを手に取って、身振り手振りをつけながら説明する。しかし肘《ひじ》の方まで水が垂れてきたので、途中でやめた。

「努力を続けるコツは、確実に終わりがあって、達成までの道筋、つまり自分のやるべきことが明確に思い描ける目標をこまめに立てること。そして適度な休息とご褒美《ほうび》です。それを念頭に置いて、今の自分が何を目標にするべきなのかを考えてみてください。大きなことを言えばいいという訳ではない、大事な作業なんですよ。目標を考えるというのは」

全ての皿を洗い終わった私は、ピッピッと手についた水滴を払って、掛けてあったタオルで拭いた。そして人差し指を突き出して、顔の前に持ってきた。

「ああ、それともう一つ。一度決めた目標は、達成するまで絶対にやめないでくださいね。『本当にこんなことでいいのだろうか』とか、よそ見したり、疑ったりせず、必ず最後までやり抜きましょう。それが、今、あなたのするべきことなんです。そう信じてやり抜けば、それはフリドさんの自信になります。自信は人を成長させ、やがてかけがえのない財産になるんです」

フリドさんは呆気にとられたような顔で、私を見つめていた。

しまった、喋りすぎてしまっただろうか……

少し気恥ずかしくなった私は、お裾分け用に魔法で温め直したお昼ご飯を手に取ると、逃げるようにその場を後にする。

「わ、私、クロードさんにお昼届けてきますね！　ついでに掃除でもしてきますから、フリドさんは休んでてください！」

深くフードを被ると、店の裏口から外へ出る。

外の冷えた空気が火照《ほて》った顔に気持ちいい。

深呼吸を一つして、私はお隣のイスク武器店へと足を向けた。

イスク武器店の店内は、相変わらずおびただしい数の武器で溢れかえっていた。

刀剣類、長柄《ながえ》武器、打撃武器、投擲《とうてき》武器、射撃武器など、ジャンルを問わず種々雑多な武器たちが、ところ狭しと壁や床を占領している。武器で壁面を覆い隠すという光景は、なかなかに圧巻だった。

さらに驚くべきは、そのどれもが超一級品の武器だということ。

イスク武器店の店主であるクロード・イスクさんは、国内でも屈指の鍛冶師として、とんでもなく有名らしい。ただの矢の一本でさえ、彼が手がけたものは安宿の一泊、料理屋の一食よりも遥かに高額になるのだ。そんな武器が無造作に壁に掛けられているのだから、ある意味ではセルフィアの町で最も贅沢《ぜいたく》な部屋と言えるかもしれない。

さらにさらに驚きなのが、その全ての商品をクロードさんが記憶しているということ。ここだけでも数千本はある武器の全てを把握しており、さらには今までに売れた武器すらも覚えているという。

なので盗まれたりすればすぐに分かり、必ず犯人を見つけ出して制裁を加えるため、今では町でクロードさんから盗みを働こうとする愚か者《おろかもの》は一人もいなくなったのだとか。

クロードさん曰く、『抱いた女のことはすぐに忘れても、自分の子のことを忘れるやつはいないだろう』だそうだ。率直にこの人何言ってんだろうと思った。

「クロードさん、こんにちはー。お昼ごはん持ってきましたよー」

カウンターの裏に回り、そのまま部屋の奥へと進む。

分厚い扉に隔《へだ》てられたその奥で、クロードさんは鉛筆《えんぴつ》を握って、何やら設計図でも書いているようだった。

「クロードさん、ごはんです。食べてください」

「ん？　ああ、お前か。悪い、今は手が離せない。置いといてくれ」

「もう……せっかく温めたのに……」

そう言いながら、私はお皿に保温魔法をかける。ここで働き始めて身に付けた、私のオリジナル魔法だ。

「相変わらず便利だな、その魔法は……武器の素材にも、自発的に魔法を放つとか、魔法の効果を半永久的に蓄積《ちくせき》するものがあればいいんだが……」

「一時的ではダメなんですか？」

「魔剣と呼ばれる類《たぐい》のものがそれだ。だが効果が尽きればまた魔法を込め直さなくてはならないし、何度も魔法を込めていれば武器自体が消耗して、やがて崩壊してしまう。そんじょそこらの剣士には扱いきれない、邪道の武器だ」

「へー……なかなか上手くいかないんですねぇ……」

そう言いながら、私は部屋の整理を始める。

まず散らばった書類をまとめて、種類別に振り分けると、束ねて机の端に置いておく。使ったままにされていた道具を一つの箱に重ならないように収納し、いつでも取り出せるように蓋《ふた》は閉めず、道具の持ち手を上に向けて作業台の横へ。床に物がなくなったら、今度は本格的な掃除だ。

途中でクロードさんが鉛筆を置き、食事を始めた音が聞こえたので、それとなく話しかけてみた。

「あの。クロードさんって、フリドさんのこと、どう思ってるんですか？」

クロードさんは食事を続けながら、横目でジロリと私を見た。

「どう、とは？」

「ですからその……やっぱり、同じ鍛冶師な訳ですし……」

「敵だ」

きっぱりと『敵だ』と言い放ったクロードさんに、私は瞠目《どうもく》する。クロードさんは当たり前のような顔をして、黙々ときのこを口に運んでいた。

「て、敵って……フリドさんは実の息子さんですよね？」

「息子といえばそうだ。だがそれ以前に、奴は同じ鍛冶師で、しかも防具専門だ。俺の矛《ほこ》が奴の盾に負けるようなことがあってはならんのだ」

「なるほど……クロードさんはフリドさんのことを、一人の鍛冶師として認めているんですね……」

「違うな」

カツッ、と水を飲み干したグラスを机に叩《たた》きつけて、クロードさんは鋭い目つきで言った。

「一人の鍛冶師として、ではない。俺にとって、鍛冶師は俺か俺以外かのどちらかしかない。俺以外の鍛冶師は全て等しく研究材料であり、叩き潰すべき敵なんだ」

そこまで言うと、クロードさんは再び鉛筆を握って机に向かった。

胸からカローナさんが飛び出てきて、クロードさんの周りをくるくると回ったあと、私の手の平に帰ってきた。

『やっぱり、変な人ねえ』

「……それ、カローナさんが言います？　まあでも、ご飯の感想くらいは欲しいですよねぇ」

『美味しかったわ』

「ふふっ、ありがとうございます」

既に耳には届いていないだろうが、仕事の邪魔をしても忍びないので、空になった食器を持ってさっさと部屋を出ることにする。

一度カウンターに食器を置いて、店舗側の掃除をしながら、一人呟いた。

「しかし、フリドさんがお父さんを超える日は、まだまだ遠そうですすねぇ……」

私の呟きに、カローナさんが頷くように縦に揺れた。

5　鍛冶師の親子

「ただいま戻りましたー」

「カンナちゃんっ!!」

「うえぇ⁉　何ですか⁉」

イスク防具店に帰ると、フリドさんが嬉しそうな、意欲に燃えた顔で駆け寄ってきた。驚いて、思わず食器を落としてしまいそうになる。

「僕、カンナちゃんに言われて、自分なりに新しい目標を考えてみたんだ。これなんだけど……」

そう言って、フリドさんは一枚の紙を渡してきた。私は食器をテーブルに置いて、その紙を受け取る。

「ああ、目標を文字にするのはいいことですね。どれどれ……ん……？　あの、フリドさん……これは……？」

フリドさんから渡された紙には、『父さんに防具を作ることを認めてもらう』と書いてあった。

「ああ。僕が父さんを超えたいと思ったきっかけって、僕が防具専門の鍛冶師になるって決めた時、父さんが僕のことを目の敵《かたき》にし始めたことなんだ。多分、自分が武器専門だから、僕にも武器を作って欲しかったんだと思う」

フリドさんは昔を懐かしむように、どこか遠くを見ながら語りだす。

「でもダメなんだ。僕は、人を傷つけたり殺したりする武器よりも、人の命を守る防具を作りたいんだ。だから、何としてでも僕が防具を作ることを認めてもらう。父さんの矛でも壊せない盾を作れるようになれば、きっと父さんも僕のことを認めてくれると思うんだ！」

「……あ、そうですか……」

目の前でここまで空回りされてしまうと、流石にどう返すのが正解なのか見当もつかなかった。

違うんだよ、フリドさん……たった今聞いてきた話によると、別にクロードさんはフリドさんのことを認めてない訳ではないんだよ……

『やっぱり、変わってるわよね、ここの親子。見てて面白いわ』

『……否定できません……』

私の淡白《たんぱく》な反応が意外だったのか、フリドさんが心配そうにフードの下から顔を覗《のぞ》き込《こ》んでくる。

「あの、カンナちゃん……？　どうしたの……？」

優しく私を気遣《きづか》ってくれるフリドさんの姿が、とても可哀想に見えた。

『いい人だからこそ、不憫《ふびん》です……！　どんなに頑張ったところで、クロードさんの反応は変わらないのに……！』

『いいえ、本当に父親を超えれば、きっとあの父親はさらにこの子をライバル視するに違いないわ』

『それじゃ意味ないじゃないですかあああああっ！』

『人ってこうして成長していくのね。とっても勉強になるわ』

『楽しまないでください！　私、流石に黙って見てられませんから！』

脳内でカローナさんと話しながら、ゆっくりとフードを取る。頭を振ってもつれた銀髪を直し、真摯《しんし》な目でフリドさんを見つめた。

「カ、カンナちゃん……!?」

『あら、羨《うらや》ましい』

フリドさんが顔を赤くして狼狽《うろた》えているが、知ったことではない。

「フリドさん。あなたとクロードさんは、一度ちゃんと話し合うべきです。どうやら、何か誤解があるようなので」

『人生に色を添えるのは、いつだって素敵な誤解や勘違いよね』

「うるさ…………フリドさん、今から私とクロードさんの所に行きましょう」

カローナさんから入れられた茶々に思わず反応してしまいそうになった私は、気を取りなおしてフリドさんの手を握り、裏口に向かって歩き出す。

「ちょっ、カ、カンナちゃん!? 戸締《とじま》りくらいしないと！ というかそれ以前に、僕も父さんも仕事があるし！」

裏口を出た所で、フリドさんが慌てて声を上げる。鍵を取りに戻る手間も煩《わずら》わしく、つい魔法で片付けてしまった。

「ああ……施錠《せじょう》せよ！ はい、これで誰も入れませんから。行きますよ」

「え、ええ!? 君、魔法は素人のはずじゃ……」

フリドさんの言葉を無視して、ずんずんと歩いていく。

確かに紫色のローブは素人魔法使い用と言われているが、別にそれ以外の人が着てはいけない決まりがあるわけではない。この町ではファッションは自由だし、私は一言も自分の腕前について語っていない。みんなが勝手に勘違いしてくれているだけだ。

ところで、魔法の施錠なら魔法で開錠されるかもしれないが、大丈夫だろうか。

『当然でしょう。神の魔法なんだから』

それはよかった。これぞまさに文字通りの神セキュリティ、なんてくだらないことを考えながら、イスク武器店の扉を潜《くぐ》った。

「クロードさん！　すみません、ちょっとお話があるのですが……」

「ああ？　何だお前ら？　何の用か知らんが後にしろ、仕事中だ」

お昼時と全く変わらない様子で仕事をしていたクロードさんに話しかけてみたものの、にべもなく断られてしまった。まあ、予想していたことだ。

隣にフリドさんがいるのにあいさつもなし。仕事中のこの人は、本当に父親ではなく職人のようだ。

「カ、カンナちゃん、帰ろうよ！　また今度来ればいいからさ……！」

弱腰で私に囁《ささや》くフリドさんを無視して、私は再びクロードさんに話しかける。

「話を聞いてくれたら、半永久的に魔法を蓄積する武器の情報を教えましょう」

私の言葉に、クロードさんは大袈裟に反応する。がばっと体ごと私たちの方を向いて、思わず委《い》縮《しゅく》してしまいそうな鋭い目で睨みつけてきた。

「……なんだと？」

「言葉通りです。詳細は、こちらの話を聞いてもらってからで」

怖い顔に負けないように、意識してニヒルな笑みを浮かべてみる。

胡散臭《うさんくさ》いものを見る目で私を見るクロードさんだったが、やがて小さく溜息をつくと、観念した様子で鉛筆を置いた。

「何の用だ。手短に話せ」

クロードさんは視線をフリドさんに向ける。

一緒に来た以上、話題の中心が彼についてということは見当がついたようだ。

「これ、フリドさんが新しく立てた目標だそうです。どう思いますか？」

「え、ちょっ！　カンナちゃん!?」

フリドさんの驚いた声には反応せず、クロードさんは私から紙を受け取る。

一目見て、眉間《みけん》に皺《しわ》を寄せた。

「何だこれは。どういう意味だ？」

クロードさんはフリドさんに尋ねる。フリドさんは言いづらそうな顔で私を見てきた。

「フリドさん。先ほどの話を、クロードさんにもお願いします」

そう言って、私は一歩身を引く。

フリドさんはしばらく逡巡していたが、やがて諦めたように話し始めた。

「……だから、僕は父さんの期待を裏切ってでも防具を作りたいんだよ。そのことを、父さんの武器よりも優れた防具を作って、父さんにも認めてもらいたかったんだ」

　俯きながら、弱々しく語る。きっと、クロードさんの期待を裏切ったことに対する後ろめたさや、罪悪感に苛《さいな》まれているのだろう。まったく抱く必要のない罪悪感で、心を痛めているのだ。

「……俺の期待とは、何のことだ？」

「え？　だから、父さんと同じように、防具じゃなくて武器を作って欲しいっていう……」

「お前は馬鹿か！　どこの世界に、作るものも自分で決められない鍛冶師がいるんだっ！」

　狭い工房に、クロードさんの怒声《どせい》が響き渡る。

「え……え……？」

　突然怒鳴られて狼狽《ろうばい》するフリドさん。そして、怒鳴り声にびっくりして密《ひそ》かに尻もちをついてしまった私。一人で何してるんだろう……

「お前も一端《いっぱし》の鍛冶師だろうが！　何でお前のために、俺が作るもんまで決めてやらなきゃいけないんだ！　甘ったれるな！」

　クロードさんは険しい顔をしてフリドさんを怒鳴りつける。

　フリドさんは真っ青になりながらも、必死の顔で反駁《はんばく》した。

「で、でも！　僕が防具専門の鍛冶師になるって言ってから、急に冷たくなったじゃないか！　敵を見るような目を向けられて、店まで分けられて！　それって、やっぱり僕が武器を作りたがらなかったからじゃ……」

「敵になるのは当たり前だろうが！　お前が鍛冶師になった瞬間から、息子である前に商売敵《しょうばいがたき》なんだよ！　家でならまだしも、仕事場で馴れ合ったりするわけがないだろう！」

フリドさんの言葉に、クロードさんの語気がさらに強くなる。

もう、見てるだけで怖いんですけど……

「お前、俺に認めてもらうための防具を作るだァ……？　情けねえこと言ってんじゃねえぞ！　そんなくだらないこと言ってるお前の防具なんか、誰が認めるかよ！　一生負ける気がせんわ！」

思ったよりもクロードさんが熱くなっちゃったなあ……と他人事《ひとごと》のように思っていると、とうとうフリドさんまでキレ始めてしまった。

おいおい。私、とんでもないことやっちゃったかもしれん。

「な、何でだよ！　そんなの、作ってみないと分からないだろ！」

「分かる！　今のお前が作った防具なんぞ、見る価値もない！」

「だから、何でそんなことが言えるんだよ！」

フリドさんがクロードさんの胸ぐらに掴みかかる。

そんなフリドさんの目を真っ直ぐ見返しながら、クロードさんは少しも臆《おく》することなく全力で言い放った。

「職人なら、自分の創作意欲に従って作品を作れ！　他人に理解を求めるな！　自分の行動の基準を他人で推《お》し量《はか》るな！　だからお前は甘ったれなんだ！」

フリドさんは父親の胸ぐらを掴んだまま、雷に打たれたように固まってしまう。そんなフリドさんに、クロードさんは静かに、言い聞かせるようにして言葉を放つ。

「フリド……お前、そんなこと続けてたらな、いざって時に人のせいにしかできない、格好悪い男になっちまうぞ……いいのか、それで」

フリドさんはクロードさんから手を離し、その場で力なく項垂れる。

「帰ってよく考えろ。お前は何のために防具を作りたいんだ。本当に、俺に認められるためか」

そう言うと、クロードさんは私に視線を向けてくる。

「悪かったな、つまらねえもん見せて……何で座り込んでんだ？」

「いや、あの、腰が……あははは……」

恥ずかしさを誤魔化すように笑う。

クロードさんはばつが悪そうに顔を逸らすと、私を軽々と抱きかかえて、優しくソファーに座らせてくれた。


フリドさんがふらふらと帰っていったあと、私はしばらくソファーで寛《くつろ》いでいた。

クロードさんにお茶を淹《い》れてもらい、改めて謝罪と、なぜだかお礼を言われたあとで、『半永久的に魔法を蓄積する武器』について尋ねられた。

「あ、あー……ねー……そうですよねー……やっぱり」

「やっぱりってなんだ。まさか嘘だったとは言わねぇよな？」

「う、嘘じゃありませんよ！　できるかどうかがまだ分からないというだけで……」

「はあ？」

後半尻すぼみになってしまった私の言葉に、クロードさんが眉根を寄せる。

「わ、分かりましたよ……やりますから、睨まないでくださいよ……」

「別に睨んでないんだが……やるって、何をだ？」

「そうですねぇ……何か、私でも持ちやすい武器などはありますか？　軽くて、小さくて、もう持ってるんだか持ってないんだか分からないようなの……」

「そんなもん武器じゃねぇよ……そうだな……金属類はダメだろうし、あるとすればこれだな」

立ち上がってしばらく大きな木箱の中を探していたクロードさんは、そう言って一本のナイフを私に渡してきた。

黒い石の鞘《さや》に収められたそのナイフは、同じく黒いハンドルと、血の色のようなブレードで構成されていた。エッジは寒気がするほど鋭く、透き通るほどに薄くなっている。

「綺麗……これは……？」

「昔俺が作った、ルピリアって宝石でできたナイフだ。刃渡りが足りないから、分類上は刀剣じゃなくて刃物だな。しかも何か切ればすぐに折れちまうくらい脆《もろ》くて、武器としちゃ使えない代物だ。何かの実験にはそれで十分だろ？」

クロードさんは昔を懐かしむように目を細めると、そう私に問いかけてきた。

「は、はい。大丈夫です。それじゃ、やりますね」

私はそう言って、両手でナイフを握って目を閉じる。

「おい、何を……」

「これから魔法を込めるんです。逆転の発想ですよ、クロードさん」

「は？」

「魔法を蓄積し続ける素材がないなら、素材にかかわらず、込められた魔法の効果が途切れないという付与魔法をかければいいんです」

「……おい、何を馬鹿なことを……」

クロードさんは何か言いかけたが、私は周りの音を遮断《しゃだん》して、集中する。

何かを切ればすぐ折れてしまうと言っていたから、何でも切れて絶対に壊れないナイフ、という効果をつけよう。大丈夫、ダメで元々だ。

深呼吸して、ゆっくりと魔力を流し込んでいく。

「……おお……」

クロードさんが声を漏らしたのが分かった。

これは、なかなかに繊細《せんさい》な作業だ。それに結構魔力も消費する。

きっと、まさに神器とでも言うべき逸品《いっぴん》が出来上がるのだろう。女神の奇跡によってのみ存在す

ることを許された、至高の芸術品が。そんな予感がした。

ナイフから光が漏れだした。宝石の紅色《べにいろ》と、私の魔力の紫色が混ざり合っている。なんとも幻想的な光だった。

やがて、魔力が流れにくくなっていき、ナイフの中が私の魔力で完全に満たされたのが分かった。

「……完成です！　できました、クロードさん！　見てください！」

紅《あか》いブレードから、どこか冷たさを感じさせる紫色の魔力が漂ってくる。軽くナイフを振ると、薄紫《うすむらさき》の粒子《りゅうし》がほろほろと空中を舞った。

「うわああ、綺麗ですねぇ……はい、クロードさん。多分私が死ぬまでは効果の消えない魔法のナイフですよ！」

そう言って、私はそのナイフを鞘にしまってクロードさんに差し出す。

クロードさんは驚愕《きょうがく》の表情を浮かべながら、弱々しく声を出した。

「……お前……これ……」

「安心してください。ちゃんとお返ししますから」

クロードさんは震える手をこちらに伸ばしてくる。そして……

「いるか、馬鹿！　何をしてるんだ、お前は!!」

「うぐぅ！　ぐあああああっ！　痛い痛い痛い痛い！　頭がアアアアアアッ！」

思いっきり拳骨《ゲンコツ》された。いや、彼にとっては軽くなのかもしれない。その辺の強弱はもはやまったく分からない。

頭を押さえてのたうち回る私を、クロードさんはドン引きした目で見つめていた。私の頭と、自分の拳を見比べながら。

「ちょっとぉ！　何するんですかクロードさん！　頭蓋骨《ずがいこつ》割れるところだったじゃないですかぁ！」

「い、いや……そこまで強く叩いてないだろ……すまん……」

涙目で詰め寄る私と、気まずそうに目を逸《そ》らすクロードさん。

冗談っぽい感じで叩かれても致命傷《ちめいしょう》か。この体、本当にその内コロッと死んじゃいそうだな……

『私も痛かったわ』

カローナさんまで被害を受けている。涙声で訴《うった》えてくるのが切ない。

「それで、何で私は叩かれなきゃいけなかったんですか！」

「あ、ああ……お前、これじゃ鍛冶師の仕事じゃないだろう。俺は、特別な素材を自分の力で特別な武器にしたいんだ。特別な魔法で特別な武器を作るのは魔法使いの仕事だ。俺の欲しいものとは根本的に違う」

「あ、そ、そうでしたか……それはすみません……」

私は少しばかり落ち込みながら、クロードさんに謝罪をする。

いいアイデアだと思ったんだけど……

「その武器は、俺はいらん。お前にくれてやる」

「……え？　いいんですか？」

パッと顔を上げた。自分でもいい武器ができたと思っていたのだが、本当にいらないのだろうか。

「いらん。自分で作りあげた武器でもないし、それに元々そのナイフは人にやるつもりのものだったんだ。代わりにお前が持っていけ」

「クロードさん……」

人の感情は視線によく表れる。名残惜《なごりお》しそうにちらちらとナイフを見るクロードさんを見れば、彼の本音など魔法使いでなくても分かるだろう。

「今回の件の礼でもある。黙って持っていけ」

クロードさんは、ふいっと顔を背けてそう言った。そこまで言われてしまえば、断りたくても断れないというものだ。

「……分かりました。このナイフ、有り難く頂戴致します」

恭《うやうや》しくナイフを掲げ、心を込めて礼をした。

これから共に生きていく相棒を授《さず》かったような気分だった。

「ああ、もう行け。俺もいい加減仕事に戻る」

そう言って背中を向け、クロードさんは机に向かって作業を始める。

私はその背中にもう一礼だけすると、静かにその場を後にした。

イスク武器店の外へ出て、扉が閉まった瞬間……

「あああああああっ！　ナイフ欲しかったあああああああ！」

というクロードさんの絶叫《ぜっきょう》が、壁越しでもはっきりと聞こえてきた。

「何か悪いことしたかなぁ……でも、いいもの貰っちゃったなあ！」

私は顔を綻《ほころ》ばせながら、上機嫌でイスク防具店へ戻る。

『私は、なんだかカンナをそのナイフに取られたような気分よ』

「何言ってるんですか？　カローナさんの魔力で作ったんだから、カローナさんそのものみたいなものじゃないですか！」

『……っ！　そういう考え方もあるわね……』

何か一人で興奮しているようなカローナさんを無視して、私は鞘に収まっているナイフを見つめる。

「名前は……ルピリアでできてるって言ってたから、ルピリア・ナイフが無難ですかねぇ……？どう思います？」

『別にいいんじゃない？　なんでも』

「一応、カローナさんのナイフということで、カローナイフという案もあるんですが……」

『ルピリア・ナイフって最高に格好いいと思うわ！』

「そうですか？　じゃあそれにしましょうか」

『………ふうぅ……』

急に安堵したような溜息をついて、カローナさんは喋らなくなってしまった。

私はルピリア・ナイフを懐にしまい、イスク防具店の扉を勢いよく開けた。

だがそこに、フリドさんの姿は見当たらない。

部屋の中は出てきた時と同じで、放置されたお皿とグラスが寂《さび》しそうに寄り添っているだけだった。

「あ、あれ……？　フリドさん、先に帰りましたよね……？」

カローナさんに尋ねてみると、胸の中から出てきてふわふわと私の頭に乗りながら、呆れたように言った。

『カンナが魔法でロックしてたんだから、あの子が家に入れるわけないじゃない。どこかで落ち込んでるんじゃない？』

「……あぁ！　そういえば！」

出る時は勢い任せだったため忘れていたが、普段の鍵ではなく魔法で施錠していたのだ。そりゃあフリドさんが中にいるはずはない。

「じゃ、じゃあ探さないと！　今のフリドさんを一人でふらつかせてられませんよ！」

そう言って、私は鍵を閉め直すのも、フードを被り直すのも忘れて大慌てで表に飛び出した。

「フリドさん、どこにいるでしょうか……!?」

『さあねえ……その辺りの人に聞いてみたら？』

「分かりましたっ！」

カローナさんの言葉通り、私は通りを歩いていた人に声をかけて、フリドさんを見かけなかったか尋ねて回った。

ハンターや兵士たち、つまりはイスク防具店の顧客たちの中ではフリドさんはかなり顔が広く知られているようで、目撃情報はすぐに集まった。

「フリド？　ああ、さっき奥の通りを歩いてたよ。カンナちゃん、今日はフード被ってないんだね？」

「フリドさん？　外壁に向かって歩いてましたよ。何だか元気がなかったような……」

「フリドなら、さっき外壁の階段を上ってたよ。なあカンナちゃん、よかったらこのあと……」

目撃情報を辿って、私は外壁の階段を上る。鈍い足を懸命に動かして、ようやく外壁の上に出ると、フリドさんは石畳《いしだたみ》の縁に座って、ぼんやりと外を眺めていた。

「はあっ……はあっ……フ、フリドさんっ……」

「え？　……ああ、カンナちゃんか……」

息も絶え絶えにフリドさんの名前を呼ぶと、彼は驚いたように振り返り、私の姿を認めすぐに表情を緩めた。

「わざわざ捜《さが》してくれたんだね……ありがとう。ごめん、今日はもう帰ってもいいから」

そう言ってまた視線を外に向ける。

私はそんなフリドさんの横に腰を下ろすと、大きく息を吐いた。

「はあぁーーー……疲れた……ああ、お店は私の魔法で施錠されてるので、一緒に戻りますよ……どの道、今はもう、ちょっと動けそうにありません……」

一つだけ嘘を吐きながら、額に浮かぶ汗を拭った。

「あ、そうか……ごめん、そんなに走り回らせちゃったんだね」

「いや、むしろほぼ最短距離でここまで来れましたが……ところで、何を見ていたんですか？」

私はフリドさんと一緒に視線を町の外に向ける。町の外では、小高い丘の上で、新人らしい兵士たちが、教官の指導の下に演習を行っていた。

新人たちはみな一様に、イスク防具店の防具を身に纏っている。私の目の前で売れていった防具たちだろう。

「あれは……」

私は目を細めてその光景を見た。隣でフリドさんの、小さな笑い声が聞こえた。

「ははは、ここに来て驚いたよ……この町の兵士って、武器と違って、別に防具に指定があるわけじゃないんだ。色や形に多少の制限はあれど、毎年みんな自分に合ったものを使っている。それでも、今年の新人は、みんなが僕の防具を使ってくれているんだ」

その光景を、フリドさんは嬉しそうに、幸せそうに見つめていた。

「ありがたいよ、本当に……」

私は何も言えず、ただ隣で同じようにその演習を眺めていた。

「………僕は、父さんに憧れていたんだ」

訥々《とつとつ》と、フリドさんが話し出した。私は相槌《あいづち》を打つわけでもなく、ただ黙って耳を傾ける。

「嫉妬《しっと》していた……と言ってもいいかもしれない。とにかく、父さんの輝かしい才能と、そして生み出される至高の武器の数々に、僕は狂おしいほどに憧れていたんだ」

演習場で、名前も知らない誰かが転んだ。滑らかに形を整えられた胸当ては、倒れた衝撃を分散させたようで、その後は怪我することもなくすぐに起き上がった。

「そして、僕は父さんのあとを追って鍛冶師を目指した。でも……僕が鍛冶師を目指した途端、今まで輝いていた父さんの才能は、理不尽なほど凶暴《きょうぼう》に、僕に襲い掛かってきたんだ。すぐに分かったよ。僕には父さんのようにはなれないって」

その言葉には、絶望も、悲嘆《ひたん》も、憎しみも籠っていなかった。ただ純粋な称賛《しょうさん》と、若干の諦めの気持ちが窺えた。

「世の中のほとんどの人間は、特別になりたがる凡人《ぼんじん》だ。本当に特別な人間なんてほんの一握りしかいなくて、みんなその中に入れずに足掻《あが》いている。僕も、そんなありふれた人間の一人だったんだ」

……私がなぜこの人の作る防具に惹かれたのか、分かった気がした。

この人は、普通という立場の中でもがく苦しみを知っている。だからこそ、彼の作る作品は普通の人間にとても優しくなれるのだ。

そしてそんな優しさが、私は好きなんだ。普通を愛し、普通の中に居続けることを望む私の目に、彼の作品はとても優しく映る。

「どんなに憧れても、どんなに嫉妬しても……僕は、絶対に父さんにはなれない。父さんのような作品は作れない。僕は、僕には絶対にできないことを知ったよ」

フリドさんは、笑いながら兵士たちに目を向ける。

その不敵な笑みが、クロードさんの姿とよく似ていた。

「だから今度は、僕にしかできないことを知ろうと思う。僕に何ができるのかを、真剣に考えてみるよ」

カローナさんがいつの間にか、フリドさんの周りをくるくると飛んでいる。

フリドさんの笑みはとても挑戦的で、これからの自分に大いに期待しているように見えた。

「私も……」

気付けば、私の口からも声が漏れていた。

「私も、頑張りますよ。従業員としてですけど。ちゃんと防具の勉強をして、売る時に説明をつけたり、お客さんに合ったものを選んであげられたりできるようになれば、きっともっとフリドさんの防具の魅力を分かってもらえると思うんです。だから……私も、努力しますよ」

私も笑って、兵士たちに目を向ける。

私の顔の前に、カローナさんがふわふわと飛んできた。ええい、鬱陶《うっとう》しい。

「カンナちゃん……ありがとう」

「いえいえ、こちらこそ。ありがとうございます、フリド店主」

傾いた西日が、町を照らしている。

演習はますます激しさを増し、一つ、また一つと、防具に傷をつけていく。

明日から、また忙しくなりそうだと思った。

6　イスク防具店のお姫様

あの日から二週間あまりが過ぎた。

イスク防具店の売り上げは相変わらずうなぎ登りで、私もフリドさんも忙しい毎日を送っている。

私も最近は防具店の従業員らしく、相手によっておすすめの防具を選んだり、商品の解説をしたりできるようになってきた。

フリドさんの作る防具は非常に評判がよく、私も売っていて鼻が高くなる。大変だが、充実した日々を送っていた。

デートに誘われる回数は減らないし、最近じゃいきなり求婚されることもあるが、それも含めて仕事を楽しんでいた。

そんなある日のこと。

「いらっしゃいませー」

店内には数人のハンターが集まって、三々五々に商品を眺めていた。

私はしつこく声をかけてくる男たちを振り切って、新しくお店に入ってきた、でっぷりと太った男性に声をかける。

「何かお探しですか？」

男は見下すような目で私を見ると、ふんっと鼻を鳴らして、全身を舐めるように観察してきた。

「お前がイスク防具店の『姫』か？」

「……は？」

問いかけの意味が分からず、つい間の抜けた返答をしてしまう。

ここは確かにイスク防具店ではあるが……姫、とは？

首を傾《かし》げていると、一人の常連のハンターが私に教えてくれる。

「ははっ、カンナちゃん、知らないの？　ここに来た客はみんな、カンナちゃんのこと、『イスク防具店のお姫様』って呼んでるんだよ！」

ハンターの男性は楽しそうに笑う。そんな恥ずかしい通り名で呼ばれているとは……まったく知らなかった。

「はぁ、そうなんですか……ええと、自覚はありませんでしたが、その『姫』というのは、どうやら私のことのようです。改めまして、イスク防具店の従業員、カンナと申します」

太った男性に丁寧に腰を折る。

男性はたっぷりと肉のついた顎を撫《な》でると、ニタァッ、と音が聞こえてきそうなほどの醜悪《しゅうあく》さでいやらしい笑みを浮かべた。

「そうか……では付いてこい。今日からはうちで雇ってやる」

男性は私の二の腕を掴むと、ズルズルと引《ひ》き摺《ず》って店を出て行こうとする。

「は……？　は!?　え!?　ちょっと、何ですか!?」

突然の事態に驚いて、遅ればせながらもささやかな抵抗を試みるも、男はびくともしない。いや、私にとっては全力なのだが。

途中までは笑っていたハンターの男性も、その突然の誘拐《ゆうかい》に、慌てて止めに入ってくれた。

「お、おいおい、ちょっと待てよアンタ！　いきなり来てなんなんだ！」

「関係ないやつは黙っていろ。私とこの女の問題だ」

「関係あるね！　カンナちゃんは嫌がってるだろ！　俺らの姫様が拉致《らち》られようとしてんのに、指咥《くわ》えて見てられるかよ！」

ハンターさんは怒りの形相《ぎょうそう》で男性の腕を掴む。

男性の手に力が入り、掴まれた私の腕がビキッと痛んだ。

「どこが嫌がっているんだ？　ほとんど抵抗もしてないじゃないか」

「カンナちゃんにとってはこれが全力なんだよ！　姫様の脆弱《ぜいじゃく》っぷりを舐めんな！」

ハンターさん……男性を止めてくれるのはありがたいけど、ちょっとその言葉は傷つくなぁ……

流石にこれだけ騒げば、店内の視線は私たちに集まる。周囲は事情を正確に把握《はあく》していたようで、次々に太った男性を非難する声と、私を庇《かば》ってくれる声が上がった。

その騒ぎの声に反応して、奥からフリドさんが出てきてくれた。

「どうしたのカンナちゃん！　何の騒ぎ!?」

血相を変えて現れたフリドさんの姿を見て、男性は私の二の腕を掴んでいた手を放す。

途端に私と男性の間にハンターたちが立ちふさがり、私は襟首《えりくび》を掴まれて後ろに引っ張られ、女性ハンターたちに保護された。強く抱きしめられて、ちょっと息が苦しい……

「貴様がフリドか……最近、随分と儲《もう》けているみたいじゃないか。何か悪いことでもしていないといいんだがな……なあ？」

「え……く、組合長!?　どうしてこんな所に！」

組合長と呼ばれた男性は、ニヤニヤと笑いながら、フリドさんを格下の遊び相手を見るような目で見つめていた。


このお店で働き始めた時、教えてもらったことがある。

セルフィアの町で店を構えるには、商業組合の認可が必要になる。認可には加盟金の支払いが必要で、店を構えた後も一定額以上の納付金、いわゆるロイヤリティのようなものを支払わなければならない。

何かサポートがあるわけでもないのにと、多少の理不尽は感じたが、その時は「異世界じゃそうなんだな」程度にしか思わなかった。

しかしその理不尽が直《じか》に自分に向けられているとなれば話は別だ。

商業組合の組合長、アスモ・ガルダープ。

諸悪の根源たるその人が、悪意と喜悦《きえつ》に満ちた目で私の前に立っていた。

「ど、どうしてこんな所に……」

茫然と尋ねるフリドさんに向かって、ガルダープは鷹揚《おうよう》に頷きながら、ちらりと私の顔を見た。

「うむ、フリド・イスクよ……実は、ある噂を耳にしてな」

「噂……ですか？」

フリドさんは何を言われるのかとビクビクしている。

そんなフリドさんを楽しそうに見て、ガルダープはわざとらしく言った。

「お前が、『姫』を脅して、無理やり自分の店で働かせているという噂だ」

「ふざけんなっ‼」

私が怒りを覚えるよりも早く、真っ先に怒鳴り声を上げたのは、私の周りを取り囲んでいたハンターたちだった。

「カンナちゃんが無理やり働かされてた⁉　そんなわけあるか！」

「そうだ！　みんな、楽しそうに一生懸命《いっしょうけんめい》働くカンナちゃんが好きなんだ！」

「そうよ！　私がつけてる防具だって、カンナちゃんが自信満々に薦めてくれたものよ！　嫌々働いてる人がそんなことすると思う⁉」

「俺の防具だって、カンナちゃんが笑顔で試着を手伝ってくれたから買ったんだ！　あの天使の笑顔が演技なわけあるか！」

「なんだそれ羨ましい！　とにかく、俺らの姫さんは自分の意思で働いてんだ！　いい加減なことを言うな！」

『違う違う！　あなたたちのじゃないわ！　私のお姫様よ！』

「帰りやがれ！　言い掛かりをつけてカンナちゃんを連れて行こうったって、そうはいかねえぞ！」

ハンターたちが我も我もと声を上げる。

何だか変な声《カローナさんの声》も混ざっていた気がしたが、たくさんの人に守ってもらえて、私は嬉しさに泣きそうになった。

「みなさん……」

みんなの温かさに感激していると、ガルダープが煩わしそうに舌打ちをして、声を上げる。

「黙れ！　私は噂を聞いて、正式に調査に来たのだ！　そして調査の結果は黒だった。この女の身元は我々商業組合が引き受ける！」

「ちょ、ちょっと待ってください！　私の意思は!?」

私は堪《たま》らずに女性ハンターの腕の中から飛び出て、ガルダープに問いかけた。

「脅されている者に意見を聞いても、雇い主に都合のいいことを言わされるだけだ。意味がないだろう」

ガルダープは大きな丸い目をギョロリと私に向けてそう言った。

「お前だって、そこの男たちにしつこく言い寄られて辟易していたじゃないか」

「いや、それはまあそうですけど……」

女性ハンターたちに睨まれて、男たちが一斉に目を逸らす。

「それでも辞められなかったのは、脅されていたからだろう。いいから、さっさと行くぞ。黙って付いてこい」

そう言って、再び私の腕を掴もうと手を伸ばしてくる。

「待ってください。仮に、もし仮にですが、私がこのお店を辞めなければならなかったとして、あなたに付いていかなければならない理由は別にありませんよね？　自分の就職先くらい、自分で選びますよ！」

距離をとり、ガルダープの手から逃げながらそう言うと、周りのハンターたちが声を揃えて同意してくれた。

「そうだそうだ！　余計なお世話なんだよ！」

「帰れ！　性根の腐ったスケベ野郎！」

騒ぎ立つハンターたちを無視して、ガルダープが口を開く。

「そんなことをすれば、お前はまた脅されてここに戻るだけだ。私がお前を保護するのは、お前のための特別な措置《そち》だ。私に、十分に感謝しろよ」

そう言って笑いながら、ゆっくりと私に近付いてくる。

流石に怖くなって、懐に入れていたルピリア・ナイフに手を添えた。

「待ってください」

恐怖に震える私の前に、フリドさんが立ち塞がった。

ガルダープは舌打ちをして、フリドさんを睨みつける。

「邪魔だ、どけ」

「誓って言いますが、僕はカンナちゃんを脅してなんかいません。どうかご再考をお願いします」

ガルダープの目線に怯《ひる》まず、フリドさんは真っ直ぐに視線を返し、堂々とそう告げた。

ガルダープは忌々《いまいま》しそうに溜息をつくと、首を横に振って言った。

「商業組合の決定に異議を唱えるのか……これは従業員に対する脅迫と合わせて、この店を潰してしまった方がいいかもしれないなあ……」

「なっ……！」

あまりの横暴《おうぼう》に、その場にいた全員が息を呑んだ。

「そ、そんな滅茶苦茶《めちゃくちゃ》な……！」

「仕方ないだろう……商業組合に逆らうお前が悪いんだ。自業自得だな」

フリドさんとガルダープのやり取りを聞いて、頭が真っ白になる。

どうしよう、どうしよう……私のせいでイスク防具店が……潰されるよりは、私が辞めてしまった方が……

私がそんなことを考えていると、店の入り口がゆっくりと開いて、誰かが入ってきた。

「流石にそれは見過ごせねえなぁ、ガルダープ……息子の店に何の落ち度があったってんだよ？」

入ってきたのは、着流しのような服を着たクロードさんだった。

ゆっくりと歩いてきて、ガルダープの目の前に立つ。

クロードさんは、誰もが縮み上がりそうな鋭い眼つきで、ガルダープを睨んでいた。

「ク、クロード・イスク……ッ！」

ガルダープは驚愕に目を見開き、クロードさんの名前を口にする。

この町で、クロードさんの名前はあまりにも有名だ。世界でも指折りの鍛冶職人として、人望も、名声も手に入れている彼に対しては、商業組合の組合長であるガルダープでも、流石に強くは出られないようだ。

「ガルダープよ……くだらねえことで、鍛冶屋にちょっかい出してんじゃねえよ。いいか、鍛冶屋を潰していいのは鍛冶師だけだ。腕の競い合いで負けた奴から潰れていく、過酷な世界だ。こいつの店を、あんたが潰していい理由なんか一つもねえよ」

一切視線を逸らさず、また相手にも逸らさせず、クロードさんは淡々と告げた。

「分かったら帰れ。仕事の邪魔だ」

クロードさんはそう言ってガルダープから視線を外すと、そのまま私の方に歩いてきた。正直、喧嘩腰《けんかごし》モードのクロードさんはめちゃくちゃ怖いので、できれば逃げ出したかったのだが……

「おい、お前らも早く仕事に戻れ。武器に使えそうにない素材の買い取りをしてくれ」

クロードさんは、手に持った重たそうな袋をドシンとカウンターに置いた。

きっと私が五人いても、生身でこの袋を持ち上げることはできないだろうなぁ……

「と、父さん……」

「さっさとしろ。俺も早く店に戻りたいんだ」

「あ、ああ……！」

そう言って、フリドさんは私の無事を確認したあと、すぐに鑑定を始めた。

私はまだ見習いのため、ある程度の知識が必要な鑑定と買い取りは、横についてお勉強だ。

「あれ？　父さん、これ、別に武器にも普通に使えるよね？」

「……いいから買い取れ。全部だ」

鍛冶師の父と息子は既に仕事モードに頭を切り替えている。

ハンターたちも、それぞれ話しながら防具を見るのに戻っていった。

私はちらりとガルダープに視線を向ける。

「……覚えていろよ……ッ！」

憎しみの籠った目で私たち三人を睨みつけてから、ガルダープは足早に店を出て行った。

……覚えていろ、か……

何か不吉な予感を覚えながら、私も仕事に戻った。

◇　◆　◇　◆　◇

その日の夜。

既に時刻は深夜を過ぎて、明け方近くになっているだろう。

いつもの宿屋で気持ちよく眠っていた私は、カローナさんの声に無理やり起こされた。

『カンナ！　カンナ！　早く起きて！』

「ん……もー、何ですか……？　こんな時間に……」

私が欠伸《あくび》を噛み殺しながらそう言うと、カローナさんは珍しく焦ったような口調で話しかけてきた。

『早く上着を着て。そして窓の外を見て』

「ええー……？」

言われた通り、寝間着の上にいつもの紫のローブを羽織って、窓の外に視線を向けた。

「うわっ。何ですかこれ。なんか、町が明るいというか、赤いんですけど」

『一番明るくなっているところ、見える？』

「え？」

カローナさんは一瞬間を空けると、私の顔の前ではっきりと言った。

『あなたのお店、燃やされてるわ』

7　さよなら

そのまま窓を飛び出して、急いでイスク防具店の前まで飛んできた私は、轟々《ごうごう》と音を立てて燃えるお店が実際に視界に入っても、まるっきり現実感が湧かなかった。

カローナさんに『燃やされてる』と言われた瞬間、頭が真っ白になり、何も考えられなくなった。

思わず空に飛び上がり、とにかく急いでこの場に来たが、どうすればいいのかはさっぱり分からない。

こんな時間だというのに、多くの人が店の周りに集まっている。みんなが火事を注視していて、飛んで来た私に気が付かなかったのは、果たして「幸運だった」と言えるのだろうか。

お店でよく顔を見かけていた兵士や、町の衛兵たちが懸命にお店に水を運んでいる。

常連のハンターたちが、自身の危険も顧《かえり》みず、お店から商品を運び出してくれていた。

店の前まで歩くと、茫然と座り込んで、燃え上がる店を見上げるフリドさんと、その後ろで腕を組み、店の火を睨みつけながら立っているクロードさんを見つけた。

「フ、フリドさん……これは、一体……」

私はヨロヨロと近寄りながら、座り込むフリドさんに話しかけた。

「あ……カンナちゃん……あはは……夜、家で寝ていたら、兵士の人に呼ばれてね……店が燃えてるって言われて、急いで来てみたら、こうなってて……」

「そんな……」

フリドさんは、明らかに無理をして笑っていた。笑うことしかできなかったのではない。私に必要以上の心配をかけないために、痛む心を抑えて、そうしていたのだ。

そのぎこちない笑顔を見て、急激に胸が痛くなった。

「このやり口は、ガルダープの仕業だな」

夜の闇に火の粉が舞い散る中、クロードさんが鋭い目つきでそう言った。

私は思いきり頭を殴られたような衝撃を受けて、思わずその場で倒れかける。

「そんな……じゃあ、私のせいで……」

「違うっ！　カンナちゃんのせいじゃない！」

私が言い終わる前に、フリドさんが大声で遮ってきた。

「勘違いするな。原因が何であろうと、罪があるのは実行犯と、首謀者《しゅぼうしゃ》のガルダープだけだ。明確な憎むべき敵がいるのに、俺たちが自分を責める必要はない」

クロードさんが厳しい口調でそう言ってくれる。

二人の優しさに、私はついに涙を堪えきれなくなった。

『イスク防具店』

店名を刻んでいた表の看板が燃えて、音をたてて落ちてきた。

……それを見て、私の中で何かが切れる音が聞こえた。

ゆっくりと歩いて、お店に近寄っていく。

「カンナちゃん!?」

「お、おい！」

二人が後ろから、私を心配して声をかけてくれる。

その声が、私の耳にはどこか遠くに聞こえた。

「……ああああ……はあああああっ！」

全身から紫色の魔力を迸《ほとばし》らせて、手を空に向ける。

魔力が急激に奪われていくような感覚に陥《おちい》るが、無視して魔力の放出を続けた。

セルフィアの町、いや、もっと局地的な、まるでイスク防具店の上に集まってくるように、分厚い雲が上空を覆った。

「ああああああああああ!!」

叫び声を上げて、手を振り下ろす。

滝のような大量の雨がイスク防具店に降り注ぎ、燃え盛っていた炎は綺麗に消えていった。

「なっ……嘘、だろ……」

「なんだ今の……」

「マジかよ……」

……ああ、ついにやってしまった。

天候を操るのがどれだけのことなのかは知らないが、周囲の兵士やハンターたちの反応を見る限り、少なくとも一般的な行為ではないのだろう。

火が消えても、雨が止んでも、誰も一歩も動かず、やがてひそひそした声も聞こえなくなった。

その場にいる全員が、私の一挙手一投足《いっきょしゅいっとうそく》に注目している。

私はゆらっと体を揺らして振り返ると、フリドさんに向かって深く頭を下げた。

「私、辞めます。今までお世話になりました」

◇　◆　◇　◆　◇

自分で降らせた雨に濡《ぬ》れたまま、一人夜の町を歩いていた。

悲しかった。

悔しかった。

申し訳なかった。

自分のせいで、フリドさんにとんでもない迷惑をかけてしまった。

私のせいではないと、自分を責める必要はないと言ってくれた二人は、本当に優しいと思う。

だが、これは間違いなく私のせいだ。

私がイスク防具店で働いていなければ。素直にガルダープに従っていれば。少なくとも、店を燃やされるなんてことにはなっていなかったはずだ。


商業組合の扉を開く。

びしょ濡れのローブを着て、フードを目深《まぶか》に被った私に、職員が警戒の色を浮かべる。

「アスモ・ガルダープさんはいますか？」

私は顔を見せないように俯きながら、受付の男性職員にそう尋ねた。

職員は訝しげにこちらを見ながら、丁寧な口調で言った。

「申し訳ありません。この時間ですので、ガルダープは既に帰宅しています。何か御用があるのでしたら……」

「では、家まで行きます。家はどこですか？」

「はい？」

男の台詞を遮って言ったその言葉に、今度こそ職員は怪しいものを見る目を私に向けてきた。

「ガルダープの家です。どこですか？」

「……あの、申し訳ありませんが、個人情報ですので……」

男性が喋り終わる前に、拳でカウンターを叩く。

普段の私なら、ぽすっと情けない音をたてて終わりだろう。

しかし全力の魔法で強化された体は想像以上に強力らしく、『ドゴォッ!!』と何か爆発したような音を立て、カウンターを粉々に砕き割った。

「なっ……！」

職員の男はその光景を見て絶句する。

少し屈みこんで男に視線を合わせ、感情を殺した声で再び尋ねた。

「教えてくれれば、何もしませんよ。どこですか？」

「……け、警備！　警備ーーッ！」

職員は椅子から転げ落ちて必死に後ろに下がりながら、震えた大声で警備員を呼んだ。

カウンターを割った音に反応していたのだろう。呼ばれてすぐ、立派な剣を持ち、綺麗な鎧に身を包んだ警備員が三人、私の元へ走ってきた。

「こ、こいつを捕らえろ！　犯罪者だ！」

職員が警備員に向かってそう言うと、三人の警備員は我先にと私に斬りかかってきた。

「……邪魔しないでくれます？　……凍《い》てつかせよ」

警備員たちに手を向けて、魔力を込めてそう言うと、商業組合の中に一陣の冷たい風が吹く。冷気に煽《あお》られた三人は、首から下が分厚い氷にすっかり覆われて、身動きがとれなくなった。

「な、なに⁉」

「つ、冷たい……痛いぃ！」

「ぐあああああッ！」

三人はそれぞれ苦痛の表情を浮かべて、呻《うめ》き声《ごえ》を上げる。

そんな彼らを、私は冷めた目で見つめていた。

「……で、教えてくれます？　もうこれで最後にしたいんですけど。ガルダープの家、どこですか？」

再度、職員に問いかける。

ルピリア・ナイフを握って、その赤い切っ先を職員の喉元《のどもと》に突き付けた。薄い皮膚《ひふ》にナイフの切っ先がプツリと刺さり、一筋の血が滴り落ちる。

職員は涙を流し、ガタガタと震えながら、ようやく固い口を開いてくれた。


それからしばらく歩いて、私はガルダープの家の前に立っていた。

立派なお屋敷だ。流石は商業組合の組合長。

きっと幾度も悪事を重ねて、真面目に頑張る人の気持ちを踏みにじりながら、これまで生きてきたのだろう。

あのでっぷり太った意地汚そうな顔を思い浮かべるだけで、あまりの不快感に吐きそうになる。

どうしても、許せそうにはなかった。

「……燃えろ」

手を向けて呟くと、屋敷の屋根から小さく火の手が上がる。

火は次第に大きくなっていき、やがて屋根全体に燃え移った。

景色が赤く染まっていく。肌を焦がす火の熱が、とても心地よく感じた。

「な、なんだァ！　何が起きているッ！」

「きゃあああああっ！」

そこまできて、ようやくガルダープと、美しい女性が数人、屋敷の中から駆け出してきた。

ガルダープは私に気が付くと、顔を真っ赤にして怒鳴り声を上げる。

「貴様ァ！　これは貴様の仕業だな！　ふざけた真似をしおって、復讐《ふくしゅう》のつもりか！」

「復讐ってことは、やっぱり店を燃やしたのはあなたですか」

「黙れ！　貴様、こんなことしてタダで済むと……ブベァッ！」

近寄ってきて私の胸ぐらを掴んだガルダープの顔面を、軽い魔力を込めた状態でぶん殴った。

腕だけの、素人のパンチだが、ガルダープは数メートル吹き飛んで、無様《ぶざま》に地面に転がる。

「ぐ、な、あああっ……！　き、貴様アアアッ！」

「私、もう店は辞めたので。店を盾に権力を使って脅しても無駄《むだ》ですよ。衛兵や兵士の方を含め、私が辞めたところを見ていた人はたくさんいます。嘘じゃありませんから」

「な、何ぃ……!?」

ガルダープは悔しそうに歯を食いしばる。

「私自身を罪人にしたいのでしたらどうぞご自由に。私、朝にはこの町を出て行きますから」

ガルダープを見下ろしながらそう言うと、彼は目を吊り上げて怒鳴りだした。

「ふ、ふ、ふざけるなああぁッ！　お前は私のものだろう！　町を出るなど、そんな愚行《ぐこう》は神が許さんぞッ！」

その妄言《もうげん》に、私は思わず笑ってしまった。

「神が許さない？　あははっ、そうなんですか？」

『そんなわけないじゃない。むしろ、こんなクズのものになるのだけは、絶対に許さないわ』

「私だって死んでもごめんです」

一人で話し始めた私に向かって、ガルダープが声を上げる。

「そうだ、神はそんな行いを許さない！　お前は私のものになるべき女なんだ！」

「神なんて関係ない。ただのあなたの我儘《わがまま》でしょう？　聞こえのいい言葉で、綺麗に言い換えないでくださいよ」

「な、なにを……」

笑みを浮かべて近付く私に、ガルダープが恐怖の色を浮かべる。

「神が許さない？　あははっ、神は許してくれてますよ。許せていないのは、ただ、あなたの醜い欲望だけでしょう？」

ガルダープの顔に足の裏を叩きつける。

鼻血が吹き出し、唇が切れ、顔は腫《は》れ上《あ》がり、元々醜かった顔がさらに歪んでしまった。

「……このまま燃やしてしまっては、周りの建物に迷惑がかかりますね」

屋敷の方を向いて、真っ直ぐに手を伸ばす。冷たい魔力が手の平に集まってくる。

「……氷よ、全て圧し潰せっ！」

屋敷の上空に巨大な氷塊《ひょうかい》が現れて、炎ごと屋敷を圧し潰した。

「なっ！　私の屋敷がぁ！」

ぐしゃぐしゃに潰された屋敷を見て、ガルダープは悲痛な叫び声を上げる。

「ふふっ……潰すと言っていた相手に逆に家を潰されて、今、どんな気分ですか？」

笑いながらガルダープの顔を覗き込む。

ガルダープは目に憤怒《ふんぬ》の色を浮かべながら、私に殴り掛かってきた。

「貴様アアアアアアアアッ！」

「自業自得、ですよ」

振るわれた拳を躱《かわ》して、力いっぱい握りしめた右手を、ガルダープの顔面に全力で叩きつけた。

体さえちゃんと動くなら、こんな太ったただのオッサンに負けたりはしない。

ガルダープは変な悲鳴を口から漏らして吹き飛ぶと、白目をむいて、そのまま気を失った。

「……はぁ……終わった……」

この世界に来て、初めて本気で怒った。初めて人と戦った。

頭に上っていた血が、ゆっくりと全身に巡っていく。

「……帰ろう……宿屋に戻って、荷物を取ってこなきゃ」

暗闇の中、一人宿屋までの道を歩く。

復讐は終わったはずなのに、胸に残る虚無感《きょむかん》は、いつまでも消えずに残っていた。

宿屋に戻った私は、お世話になったおばあちゃんとおじいちゃん、孫娘のシーナちゃんにお礼を言って、すぐに町を出ることを伝えた。

三人は寂しそうな顔を浮かべたけれど、すぐに笑顔になって見送ってくれた。きっと仕事柄、別れには慣れているのだろう。

おじいちゃんが簡単なお弁当を包んで持たせてくれた。その優しさが嬉しかった。お礼に、先払いしてあった宿泊代はそのまま三人に贈った。

部屋でみんなに別れの手紙を書いたあと、衣服など、少ない荷物を持って宿屋を出た。

「……ねえ、カローナさん。魔法で透明になれたりするかな？」

『できるわ。光が体を通り抜けるようなイメージね』

カローナさんのアドバイスに従って、体を透明にする。

そのまま空を飛んで、イスク防具店へ向かった。

びしょ濡れのイスク防具店には、ほとんど人が残っていなかった。

ここまで来る途中に見た様子では、どうやらみんな町中を走り回って、私を探してくれているようだった。

あいさつらしいあいさつもせずに、一言告げただけでその場を去ってしまった私を、きっとみんな心配してくれたのだろう。本当に、優しい人たちだと思う。

フリドさんも、クロードさんも、お店に残っていなかった。

入り口の焼け落ちたイスク防具店に入り、焦げたカウンターの上に手紙を置いた。短い時間だったけれど、私はここで働いていたのだ。みんなに囲まれて一生懸命働く時間は、本当に幸せだった。

店を出て、そのまま外壁へ向かう。

道すがら、私の名前を呼ぶ声が四方八方から聞こえてきた。

私を探すハンターや兵士たちと、何度も、何度もすれ違った。

その度に、姿を現したいと心から思った。会って、きちんと謝罪をしたい。お礼とお別れを直接伝えたい。そんな願望が、心を激しく揺さぶった。

でも、そうするわけにはいかない。顔を見せれば、間違いなく私を引き留めてくれるだろう。私を守ろうとしてくれるだろう。それは嬉しい。心から嬉しい。でも、私は犯罪者だ。もう迷惑はかけたくなかった。


外壁近くの通りを歩いていると、フリドさんとクロードさんが、遠くから揃って走り寄ってきた。

二人とも必死な顔で、私の名前を叫んでいる。喉が枯《か》れて、声がガラガラだった。

二人の顔を見た瞬間、イスク防具店で過ごした記憶が鮮明に蘇ってきた。次から次へと、楽しかった日々が頭の中を過ぎ去っていく。

堪えていた涙が零《こぼ》れ落《お》ちた。短い間だが、この世界で初めての、私の居場所だったのだ。二人との別れはあまりにも辛い。

だけど、幸せな思い出ばかりだったからだろうか。泣きながらではあるが、私はとても温かい気持ちで笑うことができた。

ポロポロと涙を流しながら、走ってくる二人を見つめる。

本当にお世話になった。感謝で胸がいっぱいだ。

——さよなら

二人とすれ違う瞬間、小さくそう呟いた。

その声が届いたのか、二人は慌てて立ち止まって、大声で私の名前を呼ぶ。私の姿が見えない二人は、必死になって私のことを探していた。

涙で前が見えなかった。それでも歩き続けた。

二人の声が聞こえた。それでも立ち止まらなかった。

歩いて、歩いて、一人になって。

町を出て、魔法がきれて、姿が見えるようになったところで。

ようやく私は、大声を上げて泣くことができた。


知らない間に夜が明けていた。

顔を上げると、空は美しい朝焼けに染まっていた。

8　カンナの手紙

拝啓　優しかったみんなへ

時間がないので、手短に。
まずは謝罪をさせてください。
私のせいでイスク防具店に多大な迷惑をかけてしまい、本当にごめんなさい。
でも、みんなが庇ってくれて、私はとても嬉しかったです。

お客様のみなさん
不慣れな私を従業員と認めて接してくれて、ありがとうございました。何の知識もなかった私は、みなさんからたくさんのことを教えてもらいました。
イスク防具店の一員として受け入れてくれたこと。お店で、私を守ろうとしてくれたこと。みんなで火を消したり、商品を運び出したりしてくれたこと。本当に嬉しかったです。優しいみんなのこと、大好きでした。

これからもイスク防具店をよろしくお願いします。

あと、新しく女性の従業員が入ったら、ナンパはほどほどに。毎回断るの、すっごく面倒くさいんですからね。

クロードさん
同じ店で働いていたわけじゃないのに、何だかすっごくお世話になってしまいましたね。すみません。

ルピリア・ナイフ、大切にします。これ、誰かへのプレゼントだったのでしょう？　そんな大切なものを頂けたことが、とても嬉しかったです。素晴らしい品を頂きました。本当にありがとうございます。

ご飯はしっかり食べてくださいね。その点はフリドさん以上に心配です。

それから、フリドさんをよろしくお願いします。フリドさんはきっと、最高の鍛冶師になってくれることでしょう。その時まで、どうか見守ってあげてください。

まあ、息子想いのクロードさんですから、私に言われるまでもないかもしれませんけどね。

フリドさん
お世話になりました。突然の退職を許してください。

私、フリドさんの作る防具が、本当に大好きでした。思いやりに溢れていて、見ているだけで優しさに触れた気になるような、そんな防具たちが愛しくて堪りませんでした。

フリドさんならきっと最高の鍛冶師になるはずだって、クロードさん宛の所に書いちゃいました。だから、頑張ってくださいね。

いつかどこかの町で、伝説の鍛冶師フリドの噂が聞けることを楽しみに待っています。世界一の鍛冶師になって、私を驚かせてくださいね。

約束ですよ。

みんな、本当にありがとうございました。

イスク防具店で働くことができて、私は幸せでした。

私も、大好きなみんなの幸せを心から願っています。

さようなら。

イスク防具店のお姫様　カンナより

9　女神の化身

セルフィアの町を出た私は、カローナさんと共に、人気《ひとけ》のない早朝の街道を歩いていた。

「はあー……これからどうしましょうか……」

『私が決めていいの？』

「……参考までに言ってみてください」

『ずーーーっと北に歩いていくと、古竜《こりゅう》の谷《たに》っていう場所が……』

「聞いた私が馬鹿でした」

『そう？』

とは言ったものの、これといって行く当てもない。セルフィアの町にいる間に、もっと周辺の地理や町についても勉強しておけばよかった。

それにしても、魔法とは便利なものだ。生身であればとっくに動けなくなっているであろうに、少し強化魔法を使うだけで、疲労を全く感じなかった。

『その代わり、魔法を解いたら一気にクるわよ……』

「え、ええー……」

それは聞きたくなかった情報だ……

どこか休める場所を求めて、しばらく歩き続けていた。

夜が明ける前から動き回った挙句、朝ごはんも食べていないのだ。お腹から空腹を訴える音が聞こえてくる。

休みたがる体に鞭打《むちう》って小高い丘を上っていると、不意に後ろから、数頭の馬とそれに乗ったガラの悪い男たちが追いかけてきた。

変に絡まれては堪らないと、私は道から逸れて男たちに先を譲《ゆず》る。

道を外れると、朝露《あさつゆ》に濡れた草たちがブーツを濡らした。

男たちはハンターほどまともそうな外見でもなければ、賊《ぞく》というほど粗野《そや》な感じもしない。その中間……おそらくは、傭兵《ようへい》かなにかだろう。って、仕事内容によっては賊と変わらないか……

勢いよく走ってきて、そのまま通り過ぎるのかとばかり思っていたが、予想に反して男たちは私の傍に馬を止めた。

「……？　何でしょう？」

男たちに心当たりのなかった私は、怪訝《けげん》な顔を浮かべながら、小首を傾げて尋ねた。

彼らはどうやら、手に持った紙と私の顔を見比べているようだ。人物の写し絵でも描かれているのだろうか。

「フードを取れ」

男たちの高圧的な態度に少し頭にきながらも、渋々フードを脱いだ。

隠れていた銀髪が現れて、柔らかくふわりと揺れる。

「……間違いないな。お前がカンナか」

「……どなたですか？」

名前まで知られていたことに驚きながら誰何《すいか》する。とりあえず、彼らの標的が私であることは間違いないようだ。

「ガルダープ様に雇われた者だ。セルフィアの町、商業組合までお前を生かして連れてくるように依頼されている」

「……へえ」

その名を聞いた途端、急激に気持ちが冷めていった。

「捕縛《ほばく》の方法は指定されていないから、無駄に抵抗しない方が自分のためだぞ。まあ、連れて帰ったあとは、報酬として俺らも散々楽しませてもらうんだがな。ハハハッ！」

下品な笑いに苛立ちを感じながら、私はできるだけ冷静に話を続けた。

「……というか。依頼主や依頼内容を標的に教えるって、プロとしてどうなんですか？　ちょっと杜撰《ずさん》すぎません？　私が衛兵に言っちゃったらどうなるんですか？」

「ああ？　問題ねえよ。お前が外に出るようなことはもうないからな。ずっと家の中で飼い殺して、死んだ方がマシな目に遭《あ》わせてやるんだと」

男はニヤニヤと笑いながらそう言った。ガルダープ、少しも反省していないな。

くだらないやり取りにいい加減に飽きて、私は魔法を発動する準備を始める。

「まったく……私の中では綺麗に区切りがついていたのに、何でよりにもよって、唯一追いかけてきたのがあの豚の手の者なのか……ほんと最悪です」

『そうね。私もあの男の醜態と妄言は、流石に飽き飽きだわ』

「ああ、そういえばカローナさん、竜が見たいんでしたっけ？　ちょっと召喚してみましょうか」

『いいの!?』

「いいですよー。そんな北の僻地《へきち》に行くよりずっとマシです」

カローナさんは早速私の胸から飛び出してきて、上機嫌に踊り始めた。

「おい、何をブツブツ言ってんだ！　さっさと来い、縛り上げて引き摺られてえか！」

男が苛ついたように早口でまくし立ててくる。別に、彼らにならもう隠すこともないか。

「飛べっ！」

私はふわりと浮き上がって、頭上から男たちを見下ろした。

「……は!?　な、何っ!?　飛んでる、だと……!?」

全員が、驚愕の顔で私を見上げてくる。馬までちょっと意外そうな顔をしているようにも見えた。

「で、どうすれば？」

『召喚したい生き物をイメージすればいいわ。強くて、空が飛べて、こんな見た目で……みたいな』

「なるほど。やりやすくていいですね」

つくづく魔法とは便利なものだ。イメージするだけで、初心者でも自由に空を飛べるし、ドラゴンだって召喚できるのだから。

私は頭の中に、できるだけ迫力のあるドラゴンの姿を思い浮かべる。いわゆるファンタジーに出てくるような、オーソドックスな感じでいいだろうか。大きな翼《つばさ》に、鋭い牙《きば》、口からは火を噴《ふ》いて、硬い鱗《うろこ》を持っている……うん、いけそうだ。

「ドラゴン、召喚‼」

一瞬で大量の魔力が消費されたかと思うと、空中に大きな黒い穴が開いて、渦《うず》を巻き始めた。

全てを呑み込みそうなその暗い穴は、紫色の魔力に縁取られ、なんとも禍々《まがまが》しい気配を放っている。

「うはー、派手ですねぇ……」

『カンナがすごい量の魔力を使うからよ。どんなのが出てくるのか楽しみだわ』

私の言葉に、カローナさんが楽しそうに空中で揺れる。

地上にいる男たちは、口を大きく開いてその光景を見つめていた。

やがて黒い渦の中から、私の髪と同じ白銀の鱗を身に纏った、巨大なドラゴンが姿を現した。

薄紫に光る獰猛《どうもう》な目が、強大な力を予感させる。

ドラゴンはゆっくりとその全貌《ぜんぼう》を露《あら》わにすると、眼下で怯《おび》えていた男たちに視線を向けて、大きな雄叫《おたけ》びをあげた。

「グォアアアアアアアアアアアアア!!」

「ぎゃあああああああああああ!!」

ドラゴンの咆哮《ほうこう》を受けて、男たちは蜘蛛《くも》の子を散らすように逃げ出していく。

「あっはっは！　気分いいですねぇ！」

『カンナって、こういうの、結構楽しそうに見るわよね』

「悪党がやられるのを見るのは好きですよ！」

空中に座りながら、膝の上に乗るカローナさんと話していると、逃げた男たちを追ってドラゴンが飛んでいってしまう。

「あれ？　ドラゴンが行っちゃうんですけど」

『そりゃあ、ドラゴンだって生きてるもの。どこへだって行くわ』

「いや、そうではなくて……私、何もしてないのに、男たちのこと追って行っちゃいましたよ？」

『大抵の生き物は、逃げる獲物はとりあえず追いかけるわ』

「いや、私何もしてないんですって。制御とか、どうやるんですか？」

問いかけると、カローナさんはポカンとしたように言った。

『制御？　できないわよ』

「……え？」

『だって、召喚する時、制御下にあるって条件は思い浮かべてなかったでしょう？　あれはただの、とんでもなく強い、野良《のら》のドラゴンよ』

「……え？」

『まあ、多分、町の一つや二つは滅ぼしちゃうと思うけど。その内人類が力を合わせて、歴史に残る大討伐《だいとうばつ》を見せてくれるわ。きっと』

………えっ。

「えええええええええええええ!?」

そんなの聞いてないんですけど！　普通召喚された生き物って、無条件で言うこと聞くものでしょうよ！

「お、追いかけましょう！　止めないと！」

『あら。止めちゃうの？』

「当たり前でしょう！　このままじゃ私、人類大虐殺《だいぎゃくさつ》のドラゴン・テロ事件の犯人になっちゃいますよ！」

『それもいいわね』

「いいわけあるかぁ！」

叫びながら、ドラゴンを追って勢いよく飛んでいく。

ああもう！　新しい旅立ちの序盤《じょばん》から、どうしてこんなことになってしまうのか！

空中を裂くように猛スピードで飛んで、既にかなり遠くまで飛んでいってしまったドラゴンを追いかける。

冷えた空気が肌に突き刺さるが、気にかける余裕はない。私は人類滅亡を企《くわだ》てる大犯罪者にはなりたくないのだ。

「カローナさん！　私、前に言いましたよね!?　お願いだから必要なことは先に言ってくださいって！」

『私、善処するって言ったわ』

「私は絶対お願いしますと言いました！」

『……難しいわ』

ああもう、女神というのは本当に奔放《ほんぽう》だ。

これからは、彼女の言うことはもう少し疑ってかかるようにしよう。

そう心に誓いながらふと下を向くと、凄まじい速さで流れていく景色の中、倒れて蹲っている男たちが見えた。

きっと無我夢中で逃げる馬たちに無理やり振り落とされたのだろう。全力で走りながらの落馬など考えただけでも恐ろしい。全身傷だらけだろうが、まあ死にはしないだろう。因果応報、自業自得だ。放っておくことにした。

……ん？　ではドラゴンは、いったい何を目標に飛んでいるのだろうか。

小さくなったドラゴンの背中を追いながら、さらにその先に目を向けてみる。

そこには数台の立派な馬車がずらりと並んでおり、さらにその中でも一際豪華《ごうか》な馬車の周りに、何人もの騎士や魔法使いらしき格好の人が集まって、慌てた様子で戦闘準備を整えていた。

貧相な荷馬車ではなく、壁と屋根が付いた、御伽噺《おとぎばなし》にでも出てきそうなキャリッジタイプの大きな乗用馬車なのを見ると、おそらく誰か偉い人でも乗っているのだろう。

馬車の数に比べて馬の数が多いのは、護衛のためだろうか。

「って、ヤバいんですけど！　あの人たち殺されちゃいますよ！」

『ドラゴンって怖いのね』

「他人事みたいに言わないでください！」

泣きそうな気分で空中を全力疾走する。

彼らはドラゴンには気付いているが、まだ私には気付いていないだろう。魔法で視力を上げて、ようやく視認できたのだから。

言い換えれば、それだけ距離が開いているということだ。私がドラゴンに追いつくよりも、ドラゴンが彼らと接触する方が確実に早い。せめて数十秒は、彼らだけで対処してもらわなくてはならない。

「お願いだから、死なないでくださいよ……」

祈りながら、さらに速度を上げていく。

耳の周りで、風を切る甲高《かんだか》い音が鳴っていた。

数人の魔法使いたちが集まって、何やら魔法の準備を始めた。

一人だけ色違いの灰色ローブを着た、背の高い老人の魔法使いが、率先して他の紺色ローブの魔法使いたちを指揮している。

もうあと数秒でドラゴンが彼らに襲い掛かるというところで、老人の魔法使いを中心に、巨大な半球状の青い膜《まく》が張られた。

『あら、すごい。ずいぶん綺麗な守りの結界ね。あの魔法使いたち、相当優秀よ』

「なら、私が着くまで耐えてくれますかね!?」

『ええ、大丈夫でしょう』

その言葉に、私は心からの安堵の息を吐いた。

速度は緩めないが、気持ちは少しだけ落ち着いた。

きっとあの馬車に乗っている人は結構な大物なのだろう。いい護衛を連れているようだ。

「はあ……ほんと、一時はどうなることかと思いましたよ……」

まだこれからドラゴンと戦わなければならない訳だが、自分で召喚した相手だし、まあ負けることはないだろう。

油断はできないが、間に合いさえすれば、あとはいくらでも対応できるはずだ。

ドラゴンはいよいよ彼らとの距離をつめ、目に殺意の色を浮かべる。

「私が召喚したのに、なんであんな凶暴なのが……」

『カンナがそうイメージしたからでしょう？』

「ああ……」

確かに、私のイメージではドラゴンは凶暴で残忍で残酷だ。それ故《ゆえ》の魅力はあるが、今この場においては厄介この上ない。

魔法使いたちの結界の効果に期待しつつ、彼らの元へと急いだ。

ついにドラゴンが速度を落とし、魔法使いたちと対峙《たいじ》した。数十メートル上空で彼らのことを睨みつけると、大きな威嚇《いかく》の声を上げる。

「グゥアアアアアアアアア!!」

地面がビリビリと痺《しび》れるような大迫力の咆哮に、騎士や魔法使いたちは顔を恐怖に歪めて後ずさる。そんな中でも老人の魔法使いは毅然とした態度で立ちはだかり、真っ直ぐに木製の杖《つえ》を掲げていた。

一瞬の静寂《せいじゃく》のあと、ドラゴンが大きく口を開く。

「ガアァ！　グアァ！」

巨大な二つの火の玉が、ドラゴンの口から吐き出された。真っ赤に燃える炎から、どす黒い煙を立ち昇らせながら、空気を焼いて飛んでいく。

『ボボボボ』という不気味な音を響かせて、火の玉は魔法使いたちが張った結界にぶつかった。もの凄い轟音《ごうおん》を上げて、一つ目の火の玉がかき消された。

老人魔法使いの顔が、僅かに苦痛に歪む。

「よし！　さすが……」

しかし私が称賛の声を上げるよりも早く、二つ目の火の玉が猛然《もうぜん》と襲いかかり、派手な音を立てて、結界を粉々に砕いてしまった。

魔法使いたちは一様に力なく倒れこみ、絶望の表情を浮かべる。

騎士たちは震える手で弱々しく剣を握り、なんとか構えだけはとってみせた。

「……ち、ちょっと！　話が違うじゃないですか！　速攻でやられちゃいましたよ!?」

『……カンナがあんな馬鹿みたいに魔力を込めるから……』

「私のせい!?　あれ、私のせいですか!?」

『ちがうの？』

「私のせいですよっ！」

無意識のうちに緩んでいた気持ちを引き締め直して、全速力で彼らの元へ向かう。

早速カローナさんの言葉を信じてしまったことを心底後悔した。

「くっ……間に合うか……」

唇を噛みながら飛んでいると、ドラゴンが再び炎を吐き出そうとしていた。

止めを刺すつもりなのだろう。

「ああ、もう！　間に合わない！」

『別にカンナが間に合わなくても、あの子たちの周りに魔法を出せばいいんじゃない？』

「それだぁ！」

だから、もっと早く言ってください！　と抗議する時間も惜しんで、空中で急ブレーキをかけると、魔力を手の平に集中させる。

「グアァァァッ!!」

その間にドラゴンが、先ほどの数倍は大きな火球を勢いよく吐き出した。

「あああぁ、ヤバいぃ！　えっと、さっきの結界の何倍も強い結界、出ろっ！」

あやふやな台詞に反して強力に反応した魔力は、馬車の周りに紫色の結界を築く。そして間一髪《かんいっぱつ》のところで、ドラゴンの炎から彼らの身を救った。

「よ、よかったぁ……本当によかったぁ……」

なんとか人殺しにならずに済んだと安堵しながら、再び速度を上げて彼らの元へ飛んでいく。

ドラゴンは急に現れた結界に苛立ちながら、何度も炎を吐いては結界にぶつけている。

そしてそんなドラゴンの様子を、騎士や魔法使いたちが茫然と見つめていた。

「ふう、間に合った……まったく、肝を冷やしましたよ……」

上空からドラゴンの頭を越えて、彼らとの間に降り、対峙する。

私に気付いたドラゴンが、敵意の籠った視線を向けてくる。背後からは驚きと戸惑いの声が上がっていた。

「とりあえず、彼らの無事を確認しましょうか……お返しです！　ファイアボール！」

片手をドラゴンに向けてそう叫ぶと、先ほどドラゴンが吐き出していたものとは比べ物にならない程の巨大な火球が現れた。

火球は勢いよく飛んでいき、ドラゴンの全身に隙間なくぶつかると、ドラゴンごと吹き飛んでいってしまった。

数キロ先まで飛んでいき、ドラゴンを地面に打ちつけた火球は、そのまま地面を抉《えぐ》り、焼き尽くしながら、勢いを緩めずにどんどん地形を変えていく。

ようやく止まって、炎が消えた頃には、抉れて焦げた地面が一キロ以上にも亘《わた》って続いていた。

「………………」

『最近、カンナって自重しなくなってきたわよね。私、嬉しいわ』

「反省の必要を感じました……」

多少焦って力を込めたとはいえ、流石にやりすぎだと思う。こんなの、ドラゴンよりも私の方がよっぽど化け物だ。

背後から視線を感じて、恐る恐る振り返ってみる。果たして、先ほど以上に恐怖に怯えた護衛たちの姿がそこにあった。

「どうしましょう……めっちゃ怖がられてるんですけど……」

『助けてあげたのにねぇ』

「助け方がワイルドすぎたんでしょうね……ん？」

胸から出て頭の上に乗ってきたカローナさんと相談していると、一人、先ほどの老人魔法使いがこちらに歩いてきた。

なんだろうと首を傾げながら見ていると、彼は声を張り上げて、私に向かって話し出した。

「助けていただいたこと、心より感謝いたします。結界といい、先の火炎魔法といい、実に素晴らしいものでございました。私はグリム王国出身の魔法使い、アーベンローテと申します。それで……失礼ですが、あなた様は……何者でございますでしょうか？」

好々爺然《こうこうやぜん》とした笑みを浮かべながらも、瞳の奥に最大限の警戒心を潜《ひそ》ませて、彼は私を見つめていた。その迫力に気圧《けお》されて、こめかみから冷や汗が流れる。

「……あの、すっごい警戒されてますよね、私？　……どうしましょう？」

『正直に言ったら？　セルフィアから逃げてきて、追手が来たからドラゴンを召喚したら逃げられたって』

「そんなこと言える訳ないでしょう……！　私が殺されますよ……！」

ヒソヒソとカローナさんと相談していると、アーベン……アー……アーベさんが、杖を握る手に力を込めたのが見えた。目つきも鋭くなっている。

ほんと、勘弁してほしい。クロードさんもそうだったが、年嵩の男性に睨まれるのはとても苦手なのだ。怖いから。

本当のことをそのままは言えない。かといって、誤魔化しきれるような中途半端な嘘も思い浮かばない。

……こうなったら……

私は体から魔力を溢れさせる。同時に、魔法で光を作って、体を輝かせてみせた。

『あー、あー……』

口は動かさず、空中に言葉を反響《はんきょう》させる。

大量の魔力と美しく輝く光を身に纏い、空から直接声が降ってくる感じで聞こえるように演出して、私は真面目な顔で話し出した。

『なんだ……せっかく助けてやったのに、随分と余裕があるじゃないか……』

突然響き渡った声に、彼らはみな一様に驚愕の表情を浮かべた。

そんな彼らを鷹揚に見下ろして、私は笑いながら告げる。

『私が誰かだと？　ふっ、無礼なやつだ……まあいい、教えてやる』

纏う光をさらに強める。眩《まぶ》しさに、彼らは目を細めた。

『私は女神カローナの化身……名は、女神カンナだ。さあ、人間たち。揃って跪《ひざまず》きなさい』

男たちは驚愕に目を見開き、わなわなと震えたかと思うと、一斉に跪いて祈りを捧《ささ》げてきた。

私は冷や汗をかきながら、その恐ろしい光景を黙って見下ろす。

…………嘘じゃない。うん。嘘ではない。

10　お、おやおや～？　ここはどこだ～？

その場に居た全員が、揃って膝をついて俯いている。そのあまりにも普通とかけ離れた光景に、私は汗を流しながら、ゴクリと喉を鳴らした。もう、後には引けない。

とりあえず体を光らせて、なんとなく神っぽいオーラを振りまきながら、彼らに近付いていく。

神が光るものなのかは知らないが、分身は光の玉なのだ。本体だってきっと光る。

その光の玉ことカローナさんが、私の頭の上で楽しそうに成り行きを見守っている。人の気も知らないで、いい気なものだ……

『問おう。お前たちは何者だ？』

格調高い姿に映るよう気を付けながら、鷹揚な口調で問いかける。

少しの間が空いたあと、騎士の中の一人が、顔を伏せたまま声を発した。

「……我々は、グリム王国第二王子、オスカー・ロンド・グリム様、並びにグリム王国王女、ミリア・イズリス様と、その護衛の者たちでございます」

『え、王子？　王女？』

それらしい人影がなかったので一瞬疑問に思ったが、すぐに理解した。あの馬車の中にいるのだろう。

私の声の届く範囲を『視界内の人たちに聞こえるように』と設定したので、馬車の中までは声が届いていないのだ。だから馬車の中にいるはずの彼らには、外の状況が分からない。

「も、申し訳ございません！　すぐにお連れします！」

青ざめさせた顔を持ち上げ、急いで立ち上がろうとする騎士を、私は慌てて制止した。

『いや、いい！　連れてこなくていいから！　座って！　いいから！』

騎士は私の言葉に従って、すぐさま座り直す。

危ない危ない……王族なんて、関わらないで済むならその方がありがたい。

『とにかく、お前たちの素性は理解した。私のことについても説明したいが……まずは、あれをなんとかするのが先だな』

ちらりと視線を横に向けると、赫怒《かくど》の炎を瞳に宿した、怒り狂ったドラゴンが、ゆっくりとこちらに近付いてきていた。

先ほどの攻撃でも倒せていなかったのかと、護衛たちの間で動揺が波打つ。

『案ずるな……あれは私の獲物だ。お前たちは黙って見ていろ。危険だから、この結界から外には出るなよ。邪魔だけはするな』

そう言って、ふわりと体を浮き上がらせると、空中でドラゴンと向かい合う。

護衛たちが固唾《かたず》を呑んでこちらを見守っているのが、気配で分かった。

これから女神の化身というキャラクターで嘘をつき通すことを考えると、ちょっと派手に戦った方がいいかもしれない。私は身に纏っていた光をさらに強くした。

その瞬間、突然ドラゴンが大口を開ける。

「グゥアアアッ!!」

本気なのだろう、今までで一番大きな火球が、私に向かって飛んできた。

「氷よっ！」

巨大な氷塊を出して、その炎を防御する。炎はかき消され、氷塊は粉々に砕け散った。

「ハアァ！」

砕けた氷に手を向けて、空中で静止させると、尖った部分を前に向けて一斉にドラゴンに射出する。

即席の氷の槍《やり》は何本かは浅く突き刺さってくれるものの、大半は硬い鱗に弾かれた。

「ええー……かったぁ……」

『カンナのイメージ通りね』

カローナさんの野次は無視して、懐からルピリア・ナイフを抜く。すべてを切り裂くこのナイフなら、どんな鱗だろうが関係なく貫くはずだ。実戦でちゃんと試してみたことなどない、完全なぶっつけ本番だが、ちゃんと武器として機能してくれるだろうか。

ドラゴンは炎が通じないと理解したのか、高速でこちらに向かって飛んでくると、鋭い爪を乱暴に振るってきた。

私はそれに退かずに、逆に前進して爪を躱《かわ》すと、私の体すれすれを通り過ぎていった腕に、ルピリア・ナイフを掠《かす》らせる。驚くほど何の感触もなかったが、果たしてどうか。

「……グ……グギャアアアアアアアアッ!!」

ズルッと肘から先がズレて、そのまま落下していく。ドラゴンが苦悶《くもん》の悲鳴を上げた。

どうやら魔力を纏ったこのナイフは、刀身に関係なく、私が切りたいと思った部分まで切ることができるようだ。空中を経由させることは流石に不可能とはいえ、物体に触れさえすれば、間違いなく両断できる。

……胴体にちょっとでも掠らせれば殺せるって、卑怯《ひきょう》な武器だなぁ……

自分のナイフの高性能さに驚いていると、ドラゴンが残ったもう一本の腕を振るってくる。

私は上昇してそれを回避すると、上空で身を翻《ひるがえ》し、ドラゴンの頭越しに背中へと回りこむ。そして勢いそのままに、背中に生えた二つの翼を根元から切り落とした。

「グガァッ！　ガッ……！」

格好よく振り抜いたり、刃を引いて切り裂いたりする必要はない。ちょっと当てるだけで充分なのだ。

というかそもそも、素人の私に格好いい戦い方など不可能だ。高性能なルピリア・ナイフだからこそ、私でもドラゴン相手に戦うことができた。

ドラゴンは短く悲鳴を上げて、そのまま落下していく。

大きな地響きを立てて地面に落ちるドラゴンを、私も追った。

「……グウウウウウウゥゥ!!」

既に傷だらけのドラゴンは、それでも全力で私に敵意を向けてくる。

腕と翼を切り飛ばされても、その凶暴な眼の光を少しも弱らせていなかった。

……私が、そうイメージしてしまったからだろう。

「……ごめんね、私のせいで」

自分の意思で戦うことを止められず、逃げることすら許されないドラゴンが、とても哀れに見えた。

「でも、約束するよ。あなたは絶対、私がもう一度召喚して、復活させてみせるから。その時は、もうちょっと可愛げのあるサイズで、もっと私に懐いてくれてると思うけど……」

ドラゴンが必死に首を伸ばして、私に噛みつこうとしてきた。

普段の私ならあっさり噛み殺されてしまうだろうが、今は女神の力で強化中だ。冷静にジャンプしてそれを避けると、空中で小さく呟いた。

「それまでは、ちょっとだけ休んでて」

落下に合わせて、突き出されていた首を切りつける。

これ以上苦しまなくて済むように、一撃で首を刎《は》ね飛《と》ばした。

ボトリ、と首が地面に落ちる音が聞こえた。

罪悪感で、胸が押しつぶされそうになる。

「……はぁ。ほんと、反省しよう。やっぱり魔法って、軽々しく使っていいものじゃないや」

自分に向けてそう呟いた。

思えば、私は魔法について何も知らない。魔法に頼らざるを得ない状況があるにもかかわらず、だ。それはきっと、私の怠慢《たいまん》だったのだろう。

何でもかんでも魔法に頼ってしまうのは、間違っている、というか不健全だとは思う。だが、別に魔法を使うこと自体は悪ではないし、そもそも私は魔法に無関心でいてはいけなかったのだ。期せずして、女神の力などというとんでもないものを手に入れてしまったのだから。

それを自覚せず、魔法を行使するというリスクに対してあまりにも鈍感《どんかん》になりすぎていた。反省しよう。私は身に余る力を持ってしまった、ただの一般人に過ぎないのだ。

この胸の痛みは、自分への戒《いまし》めとして決して忘れないようにしよう。

そう思いながらドラゴンの体に触れると、それは私に吸い込まれるように姿を消した。

……不思議と体の中で、この子がまだ生きていて、穏やかに眠っていることが分かった。

魔法で作ったとはいえ、一度生み出した命だ。責任を持って、できるだけ早く、また復活させてあげようと心に誓った。

「それまで……ゆっくり、おやすみなさい」

自分の体の中に向けてそう囁く。

ズキズキと痛む胸を擦りながら、私はこの子が気持ちよく眠っていられることを願った。


歩いて馬車まで戻ってみると、先ほどの連中の他に、綺麗な衣服に身を包んだ男女が一人ずつ、代表するように前に出て、膝をつきながら私を待っていた。男の方は十七、八歳くらいだろうか。

サラサラの金髪に、綺麗な翡翠色《ひすいいろ》の瞳で、善良そうな顔つきだ。女——というよりも十歳ほどに見える少女の方は、長い金髪と金色の瞳で、なんとも庇護欲《ひごよく》を掻《か》き立《た》てられる可愛らしさがある。

おそらくこの二人が、王子と王女なのだろう。

「あの騎士……余計なことをっ……！」

私がドラゴンと戦っている間に報告したのであれば、きっと事情も聞いているはずだ。

王族の前で神様の真似ごと。いったいこれはどんな状況なのか。少なくとも普通とは言えないんじゃないだろうか。

『私は、カンナが私の化身だと言ってくれて、とても嬉しかったわ』

カローナさんが頭の上でポンポンと跳《は》ねながら、にやけ面が思い浮かぶような声で言う。一人能天気なこの女神は、ちょっと悪いけど無視することにしよう。

私が彼らの前に立つと、男の方が恭しく声をかけてきた。

「女神カンナ様。発言の許可をいただきたく存じます」

『……許可する』

何を言われるのかと緊張しながら、ボロがでないように短く答える。

男は顔を上げて、その綺麗な顔に上品な微笑みを浮かべながら話し出した。

「ありがとうございます。私はグリム王国第二王子、オスカー・ロンド・グリムと申します。この度は我々の命を救っていただき、感謝の言葉もございません」

『ああ、いや……うん……』

自分でピンチに追いやって、自分で助けて、ここまで丁寧に感謝される……ばつの悪さに、このまま逃げ出したくなった。

「ぜひ、我々にお礼をさせていただけないでしょうか。私から父に話し、国を挙げて女神様を……」

『あ、ああ！　いや、そのことなんだがな！』

話のペースを持っていかれそうになって、慌てて遮る。危ない、もう少しで私の計画が丸潰れになるところだった。

国なんてものと関わっていられるものか。あくまでも、私が求めているのは普通の生活、普通の幸せなのだ。

『少し、私のことについて話す。静かに聞いていてくれ』

私がそう言うと、オスカー王子は短く返事をして、嬉しそうに私の言葉に耳を傾けた。女神についての話を聞けるというのは、そこまで喜ぶことなのだろうか。別に福音《ふくいん》というわけではないし、そもそもそれっぽい嘘で誤魔化すだけなのだが。

緊張を隠しつつ咳払《せきばら》いを一つして、私はそれまで頭の中で纏めていた内容を、ゆっくりと話し始めた。

『先も言ったように、私の本体はカローナという、天界に住む神だ。カローナはこの世界が滅んでしまうような危険な状況に陥ったと知り、それに迅速《じんそく》に対処するために、自らの分身を作ってこちらの世界に送り込んだ——それが私だ。そしてこの世界で活動するために、私はこの人間の少女、カンナの体を借りているのだ。カンナは私が共に体に住むことを受け入れてくれた。普段はカンナが普通に生活して、私がカンナの中で眠っている。しかし今回のような、人間には危険すぎる問題が起こった場合、私がカンナの体を借りて、カンナはその間眠りにつくことになる。一つの体にカンナと私が共存しているのだ』

そこまで喋って、私は一度言葉を切った。

跪く彼らの様子を窺ってみると、みんな神妙に聞いている。疑われている様子はない。

安心して、話を続けた。

『だが……あー、カンナは私に体を貸すことを了承してくれてはいるが、あくまでこの子が望んでいるのは、穏やかで平凡な、普通の暮らしなのだ。だから……その、変に騒ぎ立てたり、この子の力を利用しようとちょっかいをかけてきたりすることは私が絶対に許さない。というか、もうここで見聞きしたことは一切誰にも言うな。国を挙げてなんて以《もっ》ての外《ほか》だ。分かったな？』

とりあえず、言いたいことは言えたと思う。要は、私に構わないでくれということが伝わりさえすればいいのだ。今回彼らと遭遇《そうぐう》したのは、半ば事故のようなものだったのだから。しかも、私の過失による。

返事を待っていると、オスカー王子が言いづらそうに口を開いた。

「女神様、恐れながら申し上げます。私も王族として、一国の命運を預かる身。その責務を果たすため、せめて国王である父の耳には、この一件の顛末《てんまつ》を伝えさせていただけないでしょうか」

整った顔に凛《りん》とした瞳をのせて、真っ直ぐに私を見つめてきた。その顔は王族としての使命感に満ちており、私は気圧されて、拒否することができなかった。

『は、はい。えっと……なら、王にだけは言ってもいいで……言ってもいいだろう。だが、もしもそれ以外の者にまで広まっていれば、お前たちの国は神々を敵に回すものだと思え』

「はっ！　グリムの名に懸けて、そのようなことは決して！」

綺麗に頭を下げるオスカー王子を見つめながら、やっぱり王族って凄いなあ……と心から思う。

オスカー王子の外見は、まだ二十歳にもなっていないように見える。しかし体中から溢れる気品や、言い知れぬ迫力が、既に貫禄《かんろく》めいたものを感じさせていた。

『うむ……では、私は体をカンナに返して、再び眠ることにしよう。できれば二度と出てきたくないものだな。ホントに』

そう言って、私は目を閉じる。

体から放っていた光と魔力を徐々に弱めていき、やがて完全に消し去る。後に残ったのは、その場に立ち竦んで目を閉じる、カンナという普通の人間の少女だけだ。

私は自分からゆっくりと地面に倒れこむ。

王族の二人をはじめ、跪いていた人たちが一斉にざわつき、立ち上がったのが分かった。

怪我をしないように慎重に倒れると、柔らかい草の感触が頬に当たった。

しばらく目を閉じたまま、地面に寝転がる。

やがてゆっくりと目を開け、静かに上半身を起こすと、きょろきょろと周囲を見回しながら口を開いた。

「お、おやおや～？　ここはどこだ～？」

私の声を聞いた王族と護衛たちが、は？　といった顔を浮かべる。

私は眠そうな顔をして手を口に当てると、できるだけ自然に聞こえるように言った。

「ふわぁ～、よく寝たな～。ああ、きっと女神様がまた体を使ったんだな。こんな所で眠るなんて、まったくもう。おや？　あなたたちは？」

「…………………」

彼らは地面に座ったままの私を、憐れむような目で見下ろしていた。

うん、そうだよね。騙《だま》せるわけないよね。

立派なオスカー王子と比べて、唐突に変な小芝居を始めた自分が、とても情けなく思えた。

11　王子様と王女様

草原に気まずい沈黙が流れ、風の音だけが聞こえる。

爽やかな風に私の髪が揺れると、花のような甘い香りが漂ってきた。

周囲が唖然《あぜん》としている間に、私は何食わぬ顔で立ち上がり、改めて彼らと向き合った。

「あの……」

「初めましてですよね！　私、魔法使いのカンナといいます！　こんにちは！」

何か突っ込まれる前に、急いで自己紹介を済ませる。何か言われてからしらばっくれる自信も、そこまで強靭《きょうじん》なメンタルも持ち合わせていない。もう、このまま押し切ってしまおう。

「え……あの……」

「よく覚えてはいませんが、だいたいのことは想像つきますよ！　女神様が何かと戦ってたんですよね！　大丈夫でしたか？」

「あ、ああ……」

オスカー王子は戸惑いながらも頷いた。よし、誤魔化せた！

「それは何よりです。無事でよかったですね！」

微笑みながら、力強くそう言った。この調子で逃げ切ろう。

「……カンナさん、初めまして。私はグリム王国の第二王子、オスカー・ロンド・グリムという者だ。ここで何があったかを君にも説明したいのだが、実は女神様の方……カンナさんの中にいるカローナ様と、父以外には口外しないと約束していてね。詳しく話すことはできないんだ」

オスカー王子は私に向かって申し訳なさそうにそう言うと、丁寧な所作で頭を下げた。

……お？　なんだか、バレずに済んでいるような……？

もしかして、このまま誤魔化しきれたりするだろうか。

「ええ⁉　王子様だったんですか⁉　そんな、全然いいんですよ！　頭を上げてください！」

ぶんぶんと手を横に振って、頭を上げてもらった。王子に頭を下げさせるなど心臓に悪い。

「ありがとう。優しいんだな、君は」

オスカー王子はそう言って、優しげに微笑んだ。

「いえいえ、そんな。じゃあ、私はそろそろ……」

「女神様とした約束は、さっきまでここで起きたことを父以外には話さない、ということだ。だからこれからの僕の言葉は、カンナさんという一人の人間への、個人的な言葉として聞いて欲しい」

「……え？」

去ろうとした私の手が掴まれて、引き留められる。何を言われているのか、いまいち理解できずに呆けていると、オスカー王子が私の前に跪いて、掴んでいた手を優しく握ってきた。

「カンナさん。僕と、結婚してくれないか？」

………ん？

今、何を言われたのだろう。結婚……結婚!?

「うぇええ!?　け、結婚!?　何言ってるんですか!?」

手を振りほどこうと暴れたが、強く握られているからか、はたまた私が非力だからか、まったく離してくれなかった。

突然のことに、一気に顔が熱くなってくる。人生で初めてのプロポーズが、こんなに唐突に、初対面の、しかも本物の王子様にされるなんて、想像したこともなかった。

それは私の思い描く理想の「普通」とは対極に位置しているような出来事だと思った。

ちなみに、イスク防具店でも突発的に求婚されたことは何度かあるが、あれはノーカウントだ。彼らはあいさつの代わりに愛を囁いてくるし、一言目には運命の相手だとか、魂《たましい》で繋《つな》がったパートナーだとか、訳の分からないことを言い出す連中だ。私も事務的に済ますことができていた。それはもう苦い笑みを浮かべて。

翻ってオスカー王子は、真っ直ぐに私の目を見つめてきている。よく見れば、その顔は少し赤らんでいるように見えた。真摯な態度に、私は呼吸が止まりそうになる。

「初めて君を目にした時、この世のものとは思えないその美しさに、一瞬で心を奪われた。女神様だと聞いていたから、その時は納得していたのだが……まさか、体は本物の人間だったとは……それに、真っ先に他人を慮《おもんぱか》る優しさも、外見に劣らず素敵だと思う」

「あ……ええと、そのぉ……」

熱っぽく語りながら、オスカー王子はますます顔を赤らめる。

逃げることも、見つめ返すこともできない私は、目線のやり場に困ってぐるぐると首を回した。

頭の上ではカローナさんが、騒がしくぼんぼんと暴れている。

なぜカローナさんがテンションを上げているのか。それははしゃいでいるのか、嫉妬しているのか、どっちなんだ。

現実逃避《げんじつとうひ》気味に余計なことを考えていると、私の左手を包む彼の両手に、グッと力が込められた。

「カンナさん、僕と……」

「ご、ごめんなさい！」

また何か言われる！　と思った私は、気付けば咄嗟《とっさ》に頭を下げて謝っていた。

手が握られたままなので間抜けな姿勢だが、私なりの明確な拒絶の意思表示だった。

広々とした草原で、一瞬の沈黙が流れる。私が頭を下げたまま固まっていると、誰かが大きく息を吸う音が聞こえた。

「どうしてですかっ‼」

そう声を上げたのは、目の前のオスカー王子ではなく、ミリア・イズリス王女だった。

「どうして！　どうして断ってしまうのですか！」

今にも泣きだしそうな顔をして、私の胸元に飛び込んでくる。ふわふわの金髪を、甘えるように胸に擦りつけてきた。

ミリア王女が顔を上げる。涙目の上目遣いで睨まれて、その可愛さのあまりの破壊力に少し思考が停止した。

「私だって、カンナ様を初めて見た瞬間から、心を奪われていました！　お兄様が求婚された時は、カンナ様が私のお姉様になってくださると思って、本当に嬉しかったのです！　それなのに、どうして断ってしまわれるのですか！」

今にも泣きそうな顔で私のローブを握りしめて、ゆさゆさと揺らしてくる。責めるような口調が、私の庇護欲を掻き立てた。

こんな可愛い妹だったら私だって欲しい。甘やかしたいし、可愛がりたい。

だが、その為に王子と結婚するなど狂気の沙汰《さた》だ。私が求める「普通の幸せ」とは、間違ってもお妃様《きさきさま》になることなどではない。そんなシンデレラストーリーは、かけらも望んでいないのだ。

「いや、あの、ミリア王女……落ち着いてください……」

「嫌です！　もう決めたんです！　私はカンナ様の妹になるんです！」

「そ、そんな無茶苦茶なぁ……」

どうすればいいのかと参っていると、先ほどドラゴン相手に結界を張っていた老人の魔法使いさん……たしか、アーベン……アーベさんが、ミリア王女を諫《いさ》めてくれた。

「まあまあ、ミリア姫様。いきなりそんなことを言われても、カンナ様も困ってしまいます。どの道、我々はセルフィアの町へ向かわなければならない身です。どうでしょう？　ここは一旦保留にして、カンナ様をセルフィアの屋敷へ招いた上で、改めて考えていただくというのは」

アーベさんの言葉に、ミリア王女は渋々ながらも、「……分かりました」と言って頷いてくれた。

ありがとう、アーベさん。落ち着かせてくれたことはとても助かった。

……の、だけれど。

「あの、申し訳ないのですが、私はセルフィアの町へは行けません」

「……っ!!」

ああ、ミリア王女が泣いてしまう！　どうしよう、どうしよう……

あれこれと頭を悩ませて、私は万事解決できる方法を閃《ひらめ》いた。

含みのある顔を作って、静かに語りだす。

「……実は、ですね。詳細は言えませんが、私、セルフィアの町で少し問題を起こしてしまいまして。ある偉い人の怒りを買ってしまって、今朝逃げてきたところだったんですよ。戻れば何をされるか分からないので、どこか別の町を目指すつもりです。なのでこのお話は、その件がなんとか穏《おん》便《びん》に片付いたあと、機会があれば……ということにしてもらえませんか？」

しおらしい笑みを浮かべながら、オスカー王子、ミリア王女、アーベさんにそれぞれ話しかける。

「……そう、か……分かった。その時まで、根気強く待つとするよ」

残念そうに眉尻を下げながら、笑みを浮かべてくれるオスカー王子。

「……絶対ですよ。その問題とやらを片付けたら、必ず迎えに行きますからね。約束ですよ」

泣きそうな顔をしてそう言ってくるミリア王女。

そしてアーベさんは、何も言わずに目を閉じていた。

「ええ、約束します。ミリア王女」

「……王女なんて……ミリアと、呼んでください……」

え、ええ……？

ちらりとアーベさんを見る。仮にも一国のお姫様に、そんな馴れ馴れしい呼び方をしていいものだろうか。

アーベさんも困惑した様子だったが、やがて諦めたように頷いた。

「……ミリア。約束します。いつかまた、ミリアに会いに行きますよ」

そう言って私は、ミリア王女の頭を撫でた。サラサラの髪の毛が指に気持ちよく、ずっと撫でていたくなる。

カローナさんが自分も撫でて欲しそうに飛んできたが、見えないふりをした。

「それで、カンナ様。これから行く当てはあるのですか？」

頃合いを見計らって、アーベさんが尋ねてきた。

「いえ、特には……とりあえず、どこか近くの町に行ければと……」

「それなら、王都へ向かうといいでしょう。ここからも比較的近いですし、この国で最も大きな町ですから。一応、そこなら私どももある程度は融通《ゆうずう》を利かせられます」

そう言いながら、懐から地図を取り出して私に見せてくれる。

どれどれ……ふむ、確かに、ここからでも割とすぐに行けそうだった。もちろん魔法を使えば、だが。

「働く当てはありますか？」

アーベさんはさらに尋ねてくる。一切何も決まっていない私には、首を横に振る以外の選択肢はなかった。改めて、自分の無計画さに驚く。

「いいえ……町に着いたら探してみようかと……」

なんとなくきまりの悪さを感じながら私がそう言うと、アーベさんはまた懐から書類のようなものと小さなペンを取り出して、何かを書き始める。何でも出てくるな、この人の懐……

「よろしければどうぞ。高位ハンター養成学校への推薦状《すいせんじょう》です。あと二週間ちょっとで入学試験があるので、これを提出すれば、試験が免除されて入学できますよ」

アーベさんは書類を筒状に丸めながら私に差し出してくる。訳も分からずそれを受け取る私に、アーベさんはお茶目な笑みを見せた。

「はっはっはっ。私の職場です。今は王子と姫様の護衛に雇われていますが、私はそこの教官で、高位ハンターの一員でもあるのですよ」

高位ハンターというものが何かは分からないが、まあ位の高いハンターのことなのだろう。

「見る限り、相当魔法が使えるようですからね。推薦状の一枚くらい、問題ないでしょう。高位ハンターの資格はかなり便利ですし、そこなら私も多少は顔が利きます。行ってみて損はありませんよ」

アーベさんは目尻の皺を深くして、にこにこと笑いながらそう言った。

「あ、ありがとうございます……」

「いえいえ、そんな。こちらこそ、お世話になった上に、突然のお話で驚かせてしまって申し訳ありません。それでは、我々はそろそろ行くとしましょう」

そう言って、アーベさんは慇懃《いんぎん》に礼をすると、踵《きびす》を返して出発の準備を手伝いにいった。

そしてその場には、数人の騎士と、王族の二人が残った。

「では、カンナさん。いつかまた、必ず会いに行きます」

オスカー王子はそう言って笑いながら、その場を歩き去っていく。

「……カンナお姉様。お待ちしています。また、すぐにお会いしましょう」

ミリア王女が私に一瞬だけ抱き着いて、兄の後についていった。

きっと、セルフィアの町に着いた彼らは、私が起こした問題について調べるだろう。そして私が犯罪者だと知って、幻滅《げんめつ》するに違いない。そうなれば、この求婚騒動自体がなかったことになる。

犯罪と言っても、今回は相手もほとんど加害者のようなものだった。それに私が女神の化身だと思われている以上、まさか本当に犯罪者として捕らわれたりすることもないはずだ。

王族の結論は、放置。関わらないのが一番だと判断される。さらに事情を知っている王族によって、ガルダープの動きは牽制《けんせい》されるだろう。

晴れて私は自由の身、というわけだ。好きにやりたいことをやれるようになる。

私には王子との結婚なんてドラマチックな展開よりも、普通の幸せの方がよっぽど魅力的で、尊《とうと》いものなのだ。あの二人に諦めてもらって事が済むなら、きっとそれが一番だろう。

さっき地図を見せてもらった限りでは、他に大きな町もないようだし、折角推薦状を貰ったのだから、一度王都に行ってみるのも悪くない。

王族との繋がりが断ち切れないのは正直微妙だが、まずは大きな町に行くのが先だ。

「さて、と……」

遠ざかっていく馬車を見送ったあと、私も王都に向けて歩き出した。

◇
◆
◇
◆
◇

……彼女は間違いなく嘘を吐いていた。女神などは存在しない。あの力はすべて、彼女自身の力によるもののはずだ。

狭い馬車の中で、私――アーベンローテは、深く思索《しさく》に耽《ふけ》っていた。

おかしなところはいくつもあった。逆にあれでなぜ誤魔化せると思ったのか、小一時間は問い詰めたいほどだったが……

例えば、彼女は「カンナ」として目を覚ましたあと、名乗っていない王女のことを「ミリア王女」と呼んだ。王都の場所も知らなかった人間が、グリムの名を持たず、王位継承権《おういけいしょうけん》のない王女の顔と名前だけは知っていたなど、あまりに考えにくい。

カンナがミリア王女の名前を呼ぶまでに、会話にミリア王女の名が出されたのは、最初に誰何《すいか》されて騎士長が答えた時だけだ。つまり少なくともその時から、彼女は「カンナ」だったことになる。

「凄まじいな……」

ドラゴンとの戦闘を思い出し、独《ひと》りごちる。

あのドラゴンは人類を滅ぼす可能性があったと言っても、決して大袈裟ではないだろう。だからこそ、カンナの計り知れない異常性が窺えるのだ。

……絶対に、あの馬鹿げた戦力を他国へ逃すわけにはいかない。もしも他国に利用でもされれば、周辺国は為す術もなく、あっという間に滅ぼされてしまうだろう。

それだけは、避けなければ。

我が国が利用できるならそれが最善だが、できないのであれば、とにかく敵にだけは回してはならない。

王子と王女は彼女が付いてこなかったことに本気で落ち込んでいる様子だったが、あまりに事の重大性を理解できていない。

事態は非常に切迫《せっぱく》しているのだ。

セルフィアから逃げた彼女が、もしもそのまま他国まで行ってしまえば……

幸い、王都なら私の目も届く。高位ハンター養成学校なら尚更《なおさら》だ。

……手綱《たづな》が、必要だ。彼女をこの国につなぎ止めておく、堅牢《けんろう》な手綱が。それが彼女を意のままに操れる類のものであれば、言うことはない。

悪いが、王都での彼女の生活の一切を監視させてもらうとしよう。

しばらくは忙しくなりそうだと、私は馬車に揺られながら深く溜息をついた。

12　ひとりぼっちの狼少女《おおかみしょうじょ》

ちょっと歩いては一休み。またちょっと歩いて一休み。

そうして、本来なら三日四日で済むはずの道のりを、たっぷり二週間以上かけながら、ついに私は王都グリーディアに到着した。

いや、正確に言うと、高位ハンター養成学校の入学試験の日程に間に合いそうになかったため、最後は魔法で飛んできてしまったわけだが。

収納魔法の中に詰め込んでいた大量の非常食も、この二週間でほとんど食べ尽くしてしまった。どこかでまた買い足しておかなければ。

自分の予想以上の鈍足ぐあいに、改めて危機感を覚える。

「ほんと、ちっとも体力つきませんよね、この体……」

『何万年も引きこもりだったんだもの。何万年も動き続けないと、体力も戻らないんじゃない？』

「そ、そんな絶望的なこと言わないでくださいよ……」

カローナさんと恐ろしい会話を楽しみながら、グリーディアの大門を潜る。

目の前には、広い大きな通りが広がっていた。

セルフィアの何倍も大きな道なのに、そのほとんどが人や露店で埋め尽くされていて、ただ歩くのにも苦労しそうだった。

「うわあ……さすが王都……ものすごい活気ですね……」

『人がたくさんいるわね。楽しくなってきたわ』

「私は既に疲れた気分です……」

これだけの広い通りに、ところ狭しと詰め込まれた大勢の人たち。よく見ればその中に、少数ではあるが人間以外の種族も交ざっていた。

「あれ？　あの人って……」

『エルフの男性ね。こんな人混みの中にいるのは珍しいわ。騒がしい所は嫌いなはずだもの』

「へー……あ、あの人は？」

『小鬼族《こおにぞく》ね。ああ見えて、とっても力が強いのよ。殴り合ったらカンナなんて一秒で殺されちゃうわ』

「なんで私が殴り合いをすると思ってるんですか？」

誠に遺憾《いかん》である。いったい私を何だと思っているのか。この上ない平和主義者だというのに。

周りを見回しながら、人混みをするすると抜けていく。

初めのうちはよかったが、奥に進んでいくにつれ、だんだん人が多くなってくると、どうしてもぶつかることが多くなった。

「あうっ、す、すみません！　あっ、すみません！」

人とぶつかってはね飛ばされて、その先でまたぶつかって。

貧弱な体は、そんな悪循環《あくじゅんかん》に陥ってしまった。

「すみません、すみませ……あっ!!」

ピンボールの玉のような気分を味わっていると、不意に誰かの手が引っかかって、目深に被っていたフードが脱げてしまう。

人目を惹く銀髪が柔らかく揺れて、隠れていた顔が露《あら》わになる。

あれだけ騒がしかった大通りが、一瞬、水を打ったように静まり返った。

その場にいる人たちの視線が集まっていることを自覚して、私は一気に顔を青くする。同時に、恐怖で全身に鳥肌が立つのが分かった。

……そのあとに起こったお祭りのような大騒ぎについては、二度と思い出したくない。

私に近付こうと沸き立つ群衆に押しつぶされそうになって、歩けないどころの話ではなく、もはや命の危険まで感じた私は、魔法を使って人のいない裏路地まで逃げてきた。透明化と飛行の組み合わせは、こういう時とても役に立つ。

「ハアッ……！　ハアッ……！　し、死ぬかと思った……!!」

さすが王都。騒ぎの規模までセルフィアとは大違いである。私にとっては迷惑でしかないが。

偶然だろうが、「グリーディア」の名前通り、とても貪欲《どんよく》な都市だと思った。一人一人が良くも悪くも欲望に忠実で、いくら断ってもしつこく食い下がってくる。

これはもう、ちょっとトラウマだ。しばらくあの通りは歩きたくない。

早々に私の胸の中に避難したカローナさんを恨みながら、ゆっくり息を整える。

何度目かの深呼吸を終えた時、ふと路地の奥の方から、微かな声が聞こえたような気がした。

「あれ？　……何か聞こえませんでした？」

『そう？』

「うーん……」

確信が持てなかったので、魔法で聴覚《ちょうかく》を鋭くしてみる。すると、今度ははっきりと聞こえた。

殴打《おうだ》の音と、女の子の苦痛の声だ。

「…………っ！」

それに気付いた瞬間、私は声の聞こえた方に向かって駆け出していた。

魔法で体全体を強化しながら、自身の肉体の限界を超えて路地を走り抜ける。

入り組んだ裏路地は、どこから声がしているのか分かりづらかった。

「……いたっ！」

何度か道を間違えて、ようやくその現場を見つける。

そこには、頭を抱えて倒れこむ黒髪の少女を、数人の男が取り囲んで、楽しそうにいたぶっている姿があった。

「オラァァ！　ハハハ、ほらどうしたよ⁉」

「ぐっ……」

男たちは少女を蹴《け》りつけたり、棍棒《こんぼう》のようなもので殴ったりしながら、楽しそうに笑っていた。

少女は蹲りながら、必死で頭を抱えている。我慢しているようだったが、苦痛の声が口から漏れていた。

その光景……私の大嫌いな光景が目に入った瞬間、一気に頭に血が上った。

「はああああああっ‼」

体を強化していた魔力を高めて、勢いよく駆け出す。

わざわざ声をかけて、事情などを聞く必要はない。どんな事情があれ、他者を一方的に痛めつけようとする者は、等しく悪党だ。悪党の吐く濁った言葉に、耳を傾ける価値などない。

そんな無駄なことよりも、一刻も早く少女を助けることの方がずっと大切だ。

「は？　うごぉ！」

「グハァッ！」

「な、なん……ガッ……！」

男たちが何かを話すよりも早く、拳を振るって意識を奪っていく。

最近暴力に頼ることが多くなってきたと反省していたが、時にはそれが必要な場合もある。今回は仕方ない。何もできないよりずっとマシだ。

男たちを全員蹴散らして、いまだ蹲る少女に声をかける。

「あの……大丈夫ですか？」

私の声にビクッと肩を震わせると、少女は恐る恐る顔を上げようとした。

すると腕の隙間から、血の滴っている横顔が見えたため、私は慌てて治癒魔法《ちゆまほう》をかける。

「あ、怪我！　治療《ちりょう》しますね……ホーリーヒール」

私が治癒魔法を唱えると、少女が白い光に包まれて、見る見るうちに傷が消えていく。

いくつかの魔法は、王都までの道中で新しく覚えていたし、たくさんあった休憩時間中にコツコツ練習も続けていた。咄嗟に魔法を制御できないと大惨事になりかねないと、深く反省したためである。

「え……傷が……痛みが……」

自分の体に起こった変化に戸惑いながら、少女はまじまじと自分の腕や足を見つめている。

少女が頭から手を離した瞬間、私はあることに気が付いた。

この子、普通の人間じゃない。

少女はゆっくりとこちらを振り返って、遠慮がちに私の顔を見上げてくる。

そして私と目を合わせると驚いたように見開いて、小さな牙の目立つ口から大きな声を上げた。

「も、もしかして……神様っスか⁉」

頭の天辺から生えた二つの黒い獣耳《けものみみ》。よく見れば丸まって足の間に隠されていた、ふさふさの尻尾。肉食動物を思わせる、鋭く尖った犬歯《けんし》。

その少女は、私が生まれて初めて生で見る、いわゆる「獣人《じゅうじん》」だった。

ファンタジーといえば、地球では見ることができない様々な種族が人間と共に生活している、というのが割と多い世界観の一つだと思う。

私もその例に漏れず、この世界でいくつかの種族を見かけたことがある。さっきの大通りでもそうだし、実はセルフィアでもドワーフの老婦人と仲良くしていた。

だが、獣人だけは一度も見たことがなかった。自分から探しに歩いてみても、町中で見かけることはできなかったのだ。

最初はこの世界にはいないのかと思っていたが、カローナさんに聞いたところ、どうやらそれは違うらしい。獣人は、それぞれの種族ごとにひっそりと村を作り、その中で閉鎖的に暮らしているのだそうだ。

なぜ獣人だけが、と疑問に思ったが、尋ねてみれば、その答えは簡単だった。

昔から、獣人は見下され、迫害《はくがい》されてきたのだ。獣と交わった汚らわしい生き物と、獣人以外の種族は彼らを忌《い》み嫌《きら》っていた。

当然そんな扱いをされれば、獣人だって相手を嫌うし、憎むだろう。

そうして、お互いはだんだんと不干渉になっていった。

もちろん、人と獣が交わったところで獣人が産まれるわけではない。獣人は、初めからそういう種族として、神に命を授かったのだ。

時代を経るにつれてそんな認識が世間に広まり、種族単位での迫害は次第になくなっていった。

それでもなお、獣人に対する嫌悪感は人々の心に根深く残っている。多くの種族が集まる場所は、獣人にとっていい環境とは言えなかった。

黒髪の獣人……犬のような耳と尻尾、尖った牙を持つこの少女は、私を見てあわあわと震えていた。

少女の後ろには、黒い大きな帽子が落ちている。よく見れば、少女が羽織っている黒いロングコートも、体のサイズより幾分大きかった。

……きっと、常に耳と尻尾を隠しながら暮らしていたのだろう。思えば、さっき必死になって頭を抱えていたのは、暴力から頭を庇っていたのではなく、耳を隠そうとしていたのではないだろうか。それが癖《くせ》になってしまっているんだ。耳を見られることを、殴られるよりも嫌がってしまうくらいに。

このように、獣人への差別は今なお続いている。いくら種族が無事暮らしていけるようになったといっても、個人に目を向けてみれば、苦しんでいる者はいくらでもいるのだ。

人々の獣人に対する嫌悪感は、おそらくまだまだなくならないだろう。

そして、その逆もまた。

さて、ここまで獣人に対する人々の差別について、長々と語ってきたわけだが。

ここまではあくまで前振りである。私が本当に言いたいことは一つだけだ。

確かにこの世界では、獣人は他の種族から差別されている。互いに憎み合ってもいるだろう。

そしてそれが一般論であるからこそ、世間は当たり前の顔をして、私にもその対立を推奨してくるはずだ。

しかしそんな世間に対して、私は言いたい。


知らねーよ！　と。


私は動物が大好きだ。特に犬はことさら好きだ。犬派だ。でも基本みんな好きだ。

異世界に来て、色んな種族を見て、いつか獣人にも会えるかもしれないと楽しみにしていた。待ちきれなくなって、町中を探して回ったこともあるほどだ。

迫害されていようが、嫌われていようが、そんなのは知ったことではない。普段は万人にとっての「普通」にこだわる私だが、これに関してだけは、声を大にして言わせてもらおう。もしも獣人が迫害されなければならない世界があるとしたら、それはその世界の「普通」が間違っているのだ、と。

『そろそろいいかしら』

カローナさんに声をかけられて、私はようやく我に返った。

目の前では獣人の少女が地面にお尻をつけて、目と口を丸く開いて慌てている。その表情は、なんとなくおバカな飼い犬のような感じがして、とても可愛かった。

私は心の中でカローナさんに返事をする。

『す、すみません。もう大丈夫です』

『そう？　カンナも、熱い一面があるのね』

『わ、忘れてください……』

我を忘れて熱弁を振るっていたことに、顔が熱くなる。

でも、好きなものは好きなのだ。仕方ないじゃないか。

開き直りながら、気持ちを切り替えて少女に声をかけてみる。

「あの……」

「ハイッ!!」

……緊張しているのだろうか。目の前にいる私に向かって、まるで十メートルは離れた位置から返事をするように、少女は大きな声を上げた。距離と音量がちゃんと調節されていない。

「えっと……大丈夫ですか？」

大声に困惑しながらそう問いかけると、少女はハッとした様子で腰を上げて、そのまま素早く土《ど》下《げ》座《ざ》の体勢になった。

「大丈夫っス！　自分、体は丈夫なので！　神様、助けてくれてありがとうございました!!」

「あ、はぁ……無事ならよかったです……」

顔を上げた少女は口を大きく開けてニコニコ笑いながら、尻尾をぱたぱたと振って嬉しそうに私にお礼を言ってきた。

その無邪気な様子を見て、私もつい体がうずうずしてくる。

「ぜひ、お礼をさせて欲しいっス！　自分にできることなら何でもやるっスよ！」

私の顔を見ながら、少女は目を輝かせてそう言ってくる。

え？　今何でもするって言った？

「……本当に、何でもしてくれるんですか？」

「ハイ！　何でも言ってください！」

一応確認してみれば、少女はにこやかに頷いた。

……なら、遠慮なくやらせてもらおう。

「では、今からしばらく、抵抗せずそのままじっとしていてください」

「え？　はい……」

少女は不思議そうな顔を浮かべながらも、言われた通りその場で居住まいを正した。

私はそんな彼女の眼前に膝をついて座り目を合わせて、安心させるように微笑んだ。

……そして欲望のままに、少女に抱き着かせてもらった。

「え⁉　ちょ……え⁉」

少女は抵抗するどころか、逆に体を固まらせて、何が起きたのか分からないというように戸惑っていた。

いけないいけない。怖がらせたり、嫌な思いをさせたりしてしまっては元も子もないのだ。落ち着け、私。

一度体を離すと、彼女の真っ赤に染まった顔を見つめながら、優しい声で言った。

「大丈夫、痛いことや、本当に嫌なことはしません。ただちょっと、耳や尻尾を触らせてもらったり、頭を撫でさせてもらったりしたいだけなんです……ダメですか？」

噛んで含めるような私の言葉を聞いて、少女はさらに困惑の表情を浮かべる。

「え……？　わ、私のなんかでよければもちろんいいんスけど……そんなのでいいんスか？」

「はい、あなたのがいいんです……」

そう言って、少女の黒い耳にゆっくりと手を伸ばす。

少女はますます顔を赤くしてその手を見つめていたが、やがて覚悟を決めたように、ぎゅっと目を瞑《つむ》った。

私の手が、少女の耳に優しく触れる。

「……ふあぁっ！　……っ！」

少女の口から、くすぐったそうな、気持ちよさそうな、何とも言えない艶《なま》めかしい嬌声《きょうせい》と吐息《といき》が漏れる。そして恥ずかしそうに手で口を覆った。

潤《うる》んだ瞳が、縋《すが》るように私を見つめている。

「ふふっ……可愛い……」

そんな獣人の少女を見つめ返しながら、背中に手を回して、そっと彼女を抱き寄せる。

そのまま尻尾にも手を伸ばして……

――それから、三十分くらい堪能させてもらった。

初対面にはちょっとだけ激しいスキンシップを終えて、私と犬耳少女は裏路地の地面に直接座り込んでいた。

カローナさんが、未だ興奮冷めやらぬといった様子で、空中でポンポンと弾んでいる。

『なにか素晴らしいものを見た気がするわ……この世界に来て、一番興奮したもの……』

あまりにも俗っぽい女神の言葉に呆れてしまうが、この件に関しては私に原因があるため、何も言い返せない。

とりあえず、「そうですか」とだけ返しておいた。

13　友達になろうよ！

お互い落ちつくのを待ってから自己紹介をしてもらったところ、獣人の少女の名はリッカというらしい。恥ずかしそうに自分の名前を言う姿は非常に可愛らしかった。

リッカは私の腰に抱き着きながら、フリフリと尻尾を揺らし、甘えるようにお腹に頭を擦りつけてくる。ずいぶんと懐かれてしまった。

優しく頭を撫でると、幸せそうに顔を蕩《とろ》けさせる。

「リッカ……大丈夫？」

顔を覗き込みながらそう尋ねる。

呼び捨てで呼んで欲しい、敬語も必要ないというので、少し親しげに話しかけた。

「はい……大丈夫っス……お父さん以外に撫でてもらったのが初めてだったので、幸せでした……」

リッカは口元をだらしなく緩めながら、まだ赤みの残る顔でそう言った。

「そう……ならよかった。すっごく気持ちよさそうだったから、私もやりすぎたんじゃないかと思って」

「そんなことないっス……撫でられるのが久々だったから、ついはしゃいじゃったんスよ……」

リッカは私の腰に巻いていた腕を解《ほど》くと、乱れていた衣服を整え始めた。

その様子を見つめながら、私はリッカに尋ねた。

「久々って……お父さんは？」

リッカは外れたシャツのボタンを留めながら、淡々と話す。

「かなり昔に死んじゃったっスよ。お母さんも自分を産んだ時に死んじゃったそうなので、私に家族はいないっス」

悪いことを聞いてしまったと、罪悪感を抱く。

リッカはそんな私の様子に気付くと、笑みを浮かべて言った。

「別に、大丈夫っスよ。お父さんが村の禁忌《きんき》を犯して、自分が産まれる前に村を追い出されたんス。なのでお父さんが死んでからは、ずっと一人で生きてきました。流石に、もうすっかり慣れたっスよ」

乱れた長い黒髪を手櫛《てぐし》で整えて、赤い紐《ひも》で一つに束ねる。

縛り心地を確かめるように左右に軽く振ると、満足そうに頷いた。

「禁忌……」

つい、私の口から言葉が漏れてしまう。

小さな呟きだったが、獣人の鋭い聴覚にはしっかりと聞こえていたようで、リッカは端的に答えを述べた。

「自分のお母さん、人間なんスよ」

黒いコートを羽織って、太陽のような明るい笑顔を向けてくる。

ちょっと撫でられただけで、あんなに幸せそうにしていた。

この子がどれだけ愛情に飢《う》えているのかを想像して、私は胸が痛くなった。


こちらも簡単な自己紹介を終え、神様ではなく人間だと理解してもらったところで、どうして襲われていたのかを尋ねた。

リッカは未だ意識を失っている男たちに目を向けると、「うーん……」と頭を悩ませながら、慎重に言葉を選ぶように訥々と説明を始めた。

「自分、小さいころからずっとハンターの仕事をやってて、今日は王都に、高位ハンター養成学校の入学試験を受けにきたんスよ。この人たちはハンターの先輩らしいんスけど、ハンターとしてのランクは私の方が上らしくて……嫉妬されちゃったみたいで、獣人が高位ハンターなんて生意気だとか言い出して、あんなことに……いやあ、助けてくれたカンナさんには、本当に感謝っス！」

リッカはそう言うと、改めて私に頭を下げた。

大きな帽子が、ダイナミックに上下に揺れる。

「いやいや、そんな……でも、ハンターのランクが上なら、リッカの方がこの人たちより強いんじゃないの？」

少なくとも、あそこまで一方的にやられたりはしないはずだ。男たちは怪我の一つもしていなかった。リッカはまったくの無抵抗だったと考えていいだろう。

私の問いに、リッカが当たり前のことを言うように答える。

「町中で獣人がやり返したりしたら、どうあっても自分が悪いことになっちゃうっスから。せっかく王都に来たのに試験が受けられなくなっちゃうし、下手したらハンターの資格まで取り上げられるっス！　自分みたいな獣人なんかでもちゃんと働かせてくれる仕事っスから、それはちょっと困るんスよ！」

……獣人なんか、か。

なぜだか、リッカと話しているとどうしようもなくイライラした。

それが何に対しての苛立ちなのかは分からない。この健気《けなげ》な少女にこんなことを言わせてしまう世間の冷たさと残酷さになのか、そんな理不尽がまかり通る世界の構造に対してなのか、それを当たり前のことのように受け入れて、悲しい顔すら浮かべないリッカに対してなのか。

あるいは、そんな話を聞いても何もできない無力な自分に対してなのか。

「……そう……それで、我慢して黙って殴られてたのか……大変だったね」

複雑に湧き上がる感情を抑えつけながら、慈《いつく》しむような微笑みを浮かべて、私はリッカの頬を撫でる。

リッカは恥ずかしそうに笑うと、頬を手の平に押し付けながら言った。

「別に……もう、これが普通っスから」

普通？　これが、普通？　このひどい扱いが？

その言葉だけは、私は看過《かんか》することができなかった。

同じ境遇にいない他人がいくら口を挟んでも、本人からすればただの迷惑になってしまうことは多い。

ましてやリッカとは初対面だ。同情することはできても、共感や理解はまだまだ先の話だろう。

そんな相手に、偉そうに講釈《こうしゃく》を垂れるわけにはいかないと、私も我慢をしていた。

だがその言葉にだけは、私は私自身のために、口を挟まずにはいられなかった。

「普通じゃないよ、そんなの」

「え……？」

急な私の言葉に、リッカが疑問の声を上げる。

そんなリッカに向かって、私は自分の感情に従って話を続けた。

「普通っていうのは、生きていく上で基準になる、とっても大切なラインなの。そのラインをどこに設定するかで、人生が丸っきり変わっちゃうくらい、大切なもの。だからこそ、普通のラインっていうのは、絶対に自分の手で引かなくちゃいけないの。自分の人生なんだからね」

リッカは戸惑いの表情を浮かべながら、黙って私の話を聞いていた。

偉そうに何を言っているんだと、頭のどこかでは考えている。それでも、口は止まらなかった。

「その普通って、リッカが自分で望んだものじゃなくて、周りから無理やり押し付けられたものでしょう？　そんなの普通でもなんでもなくて、ただ無自覚に支配されてるだけだよ。そんな紛《まが》い物《もの》の普通なんて、受け入れちゃダメ。ぶち壊さないと、ずっと小さな枠の中に押さえつけられたままだよ」

自分が残酷なことを言っているのは理解していた。それでも、言わずにはいられなかった。

不幸の中で幸せに生きている者に、お前は不幸なのだと現実を突きつけることは、少なくとも善行とは言えないだろう。幸か不幸かの感じ方など人それぞれで、その者はともすれば、心から自分が幸せだと信じて死ぬことができたかもしれないのだ。

リッカが自分の境遇を不幸なのだと感じたところで、別に周囲の態度は変わらない。自覚したことで、より苦痛を感じるようになるだけかもしれない。

それでもなお、他人から与えられる苦痛が普通のことだなんて思って欲しくなくて、私は残酷にも、彼女に抗うことを望んでしまった。

不幸から抜け出す手段もないまま、ただ自分の普通を疑わせて、不幸を自覚して欲しいなど、あまりにも無責任で、傲慢《ごうまん》で、最低の行いだろう。

だから私は、決意した。

「私も、高位ハンター養成学校に行くよ。そこでリッカを色んな理不尽から守って、たくさんの幸せを教えてあげる。辛いことも、楽しいことも、自由に色んな経験をして、その上で、自分の普通を探すといいよ」

一応入学試験に間に合うように移動したものの、本当は、行くかどうか迷っていた。

私の幸せに、ハンターとしての資格やキャリアなど必要なのか、と。

しかし、今の私にはどうしても、この一人ぼっちの獣人の少女を放っておくことはできなかった。

不幸を自覚し、それに抗うことは大変だ。だがまずは自覚するところから始めなければ、自分にとっての本当の幸せの見つけ方は分からない。

それに、まずはこの子が幸せになってくれないと、私も自分の幸せなんて落ち着いて探せないだろう。

勝手ながら、私は私のために、リッカに付き合ってもらうことにした。

「……え？　え？」

リッカは何を言われたのか理解していない様子で、パチパチと瞼《まぶた》をしばたたかせていた。たしかに、突然こんなことを言われても困惑してしまうだけだろう。まずは、ゼロからのスタートだ。

私はリッカに向かって手を差し出して、笑みを浮かべて言った。

「私、一人だと寂しいんだ。友達になろうよ、リッカ！」

リッカは差し出された手をまじまじと見つめたあと、信じられないとでも言いたげに、私の顔に視線を移した。

「……いや……自分、獣人っスよ？　友達なんて……」

「獣人だからなに？　まだ分からない？　私、獣人大好きなんだけど」

「う、嘘っスよ……そんな……」

「あら？　あれだけやられて、まだ撫でられ足りないの？」

「……とも、だち……」

リッカはまた私の手を茫然と見つめると、一歩、また一歩と、ゆっくり吸い寄せられるように近寄ってきた。

なにか怖いものに触れようとしているかのように、おずおずと手を差し出しては、引っ込めるを繰り返す。

「や、やっぱり自分……っ!?」

そう言って再び引っ込めようとした手を、私は無理やり掴む。そして自分の方へ引き寄せて、顔をつき合わせたままもう一度はっきりと口にした。

「友達になろう、リッカ」

リッカが目を見開き、そこに見る見るうちに涙が溜まっていく。わなわなと震える唇を、こちらが心配になってしまうほど強く噛みしめた。

やがて一条の涙が零れ落ちると、それを合図に、まるで弾けるように私に飛びついてきた。

「ううぅーー……カンナさん、大好きっスーーーっ!!」

「うげえっ!!」

当然、いきなり飛びつかれても、私に人ひとり支える力なんてないわけで。

そのまま後ろに吹き飛ばされて、私は地面に背中と後頭部を打ちつけた。

「いっっった……っ！　え!?　ちょ、まっうぶぶぶ！」

リッカはそのまま私の上に飛び乗ると、嬉しそうに尻尾を全力で振って、私の口元を思いっきり舐めてきた。

「ぶふっ……！　ほんっ、ちょ、まっ………」

リッカの腕は万力のような力で私の頭を無理やり押さえつけて、ひたすら口元を舐め続ける。

後頭部の痛みと、呼吸ができない苦しさで、私は呆気なく意識を失った。


あとから聞いた話では、リッカは犬ではなく、狼の獣人らしい。

犬や狼が、飼い主や群れの上位者の口元を舐めるのは、いわゆる愛情表現なのだそうだ。狼という群れで生きる動物の習性として、私をボスと認めてくれたらしい。

私としては対等の関係がよかったが、種族としての本能なら仕方ない。仲間と認められただけでも嬉しいものだ。

……嬉しいのだが、この獣人という種族は、一部の例外を除いて生まれつき魔法が使えない代わりに、人に比べてめちゃくちゃ力が強い。特にリッカは小さい頃からハンターとして魔物と戦ったり、ずっと力仕事をしたりしていたらしく、その怪力といったらなかった。

窒息《ちっそく》か、殴殺《おうさつ》かで、いつかうっかり殺されてしまうんじゃないだろうか。

◇◆◇◆◇

私が目を覚ましたあと、リッカの手によって縛られていたハンターの男たちを衛兵に突き出して、二人で高位ハンター養成学校へと向かった。

リッカは王都の地図を持っていたが、見方が分からないらしい。地図を見ながらウロウロしている内に、いつの間にかあんな裏路地までたどり着いて、案の定目をつけられていたガラの悪いハンターたちに絡まれてしまったのだそうだ。やっぱり最初に感じた予感通り、この子はおバカな子だと思った。

道すがら、高位ハンターというものについて説明を受ける。

そもそもハンターとは、上から、S、A、B、C……というように、ランクが付けられている。新人は誰でも一番下のHランクからスタートで、ハンターたちを管理しているハンターギルドが、実歴と人柄を見て昇級させていくらしい。

だが、それもCランクまでだ。Bランク以上のハンターは高位ハンターと呼ばれ、Cランク以下のハンターを取り締まる権限と、国からいくつかの特権が与えられる。

高位ハンターになるためには高位ハンター養成学校へ入学し、最低三ヵ月間は高位ハンターとしての実技、知識、心得を学んだ上で、学校で行われる昇級試験に合格しなくてはならない。

学校への入学試験を受ける資格があるのはCランクハンターのみで、リッカもCランクらしい。

しかし特例として、学校の教官から推薦状を渡されたものは、Cランクの資格の有無にかかわらず試験を受けることができるそうだ。

「え？　私、試験も免除でいいって言われたんだけど」

そう言って、私はアーベさんから渡された推薦状をリッカに見てもらった。

リッカは「そんなはずは……」と呟きながら、推薦状を広げて確認する。

そして、その内容に驚きの声を上げた。

「こ、これ！　アーベンローテさんの推薦状じゃないっスか！」

「……すごいの？」

私はその驚きの理由がよく分からず、首を傾げて尋ねた。

「すごいっスよ！　アーベンローテさんは、王国で最も有名な魔法使いっスよ!?　学校でも二番目に偉い、Aランクハンターの頂点と呼ばれる方っス！　試験が免除されるのも納得っスよ！」

リッカは興奮しながらまくし立ててきた。

へえ、アーベさんってそんなにすごい人だったのか。

そういえば、珍しくカローナさんも褒めていた。人の好いお爺さんだと思っていたけれど、やはり人は見かけでは分からないものだ。

……というか。

「王国で一番有名な魔法使いが、Sランクハンターじゃないんだ？」

アーベさんのことよりそっちの方が気になって、私はリッカに聞いてみた。

「あ、ハイ！　王国にSランクのハンターって、一人しかいないんスよ。なんか、その人が強すぎて、誰も並び立てないとかで……学校の、一番偉い人っス」

「へえ……そんな人がいるのか……」

アーベさんでも相手にならない程のすごい人。きっと怖い人なんだろうなと、頭の中で想像してみた。

「名前は、アスティー・アルバリウス。王国最強は間違いないとして、周辺国家最強とも、大陸最強とも、世界最強とも噂される方っス」

アスティー・アルバリウス……

学校の偉い人なら、その内顔を合わせることもあるのだろうか。

その名前の響きは、なぜだか私の不安を掻き立てた。

そのあとは、自然と学校の説明に戻った。

郵 便 は が き

1 5 0 8 7 0 1

料金受取人払郵便

渋谷局承認

9400

0 3 9

差出有効期間
平成30年10月
14日まで

東京都渋谷区恵比寿4−20−3
恵比寿ガーデンプレイスタワー5F
恵比寿ガーデンプレイス郵便局
私書箱第5057号

株式会社アルファポリス
編集部 行

お名前	
ご住所 〒 TEL	

※ご記入頂いた個人情報は上記編集部からのお知らせ及びアンケートの集計目的以外には使用いたしません。

アルファポリス http://www.alphapolis.co.jp

ご愛読誠にありがとうございます。

読者カード

●ご購入作品名

●この本をどこでお知りになりましたか？

年齢　　歳　　　　性別　　男・女

ご職業　1.学生（大・高・中・小・その他）　2.会社員　3.公務員
4.教員　5.会社経営　6.自営業　7.主婦　8.その他（　　　）

●ご意見、ご感想などありましたら、是非お聞かせ下さい。

●ご感想を広告等、書籍のPRに使わせていただいてもよろしいですか？
※ご使用させて頂く場合は、文章を省略・編集させて頂くことがございます。
（実名で可・匿名で可・不可）

●ご協力ありがとうございました。今後の参考にさせていただきます。

学校に在籍できる最長期間は一年間で、昇級試験は三ヵ月に一回。つまり一人につき四回チャンスが与えられるわけだが、その前に普段の成績が悪い者は容赦《ようしゃ》なく退学させられるそうだ。

一年間の合格者の割合は、だいたい一割から二割程度らしい。なかなかの倍率だ。

一通りの説明を聞いて、何とも高位ハンターというのは、名前負けする職業だと思った。

落伍者《らくごしゃ》や失業者などの受け皿として、あまりにも広く門戸が開かれているハンター業界は、その分問題児も多く、国営のハンターギルドだけでは管理の手が回らないのだろう。

そこで優れた人格と実力を兼ね備えたハンターを高位ハンターとして仕分け、権限を与えるという名目で、ハンターたちの管理や統率を手伝ってもらおうとしているのだ。雇われて自身の所属する組織の秩序と治安を維持する、公務員のようなものだ。

まあ、仕事に困りそうにないのはありがたい。それに学校が何を教えたがっているのかを理解してしまえば、昇級試験に合格するのは割と簡単に思えた。

ハンターの仕事についてあれこれ教えてもらっているうちに、ようやく私たちは高位ハンター養成学校に到着した。

14　ドラゴン・ガール

高位ハンター養成学校、別名『Bランク試験場』。

高位ハンターとなるべく多くのCランクハンターたちが集まるその学校は、人口密度の高い王都に存在するとは思えないほど、広大な敷地を有していた。

二つ並んで屹立《きつりつ》する巨大な校舎に、複数の運動場や体育館らしい建物、さらには奥に小規模ながら森のようなものまで見えた。

校舎から離れた場所には、寮のようなものも建てられている。学生たちの寝泊まりする場所だろうか。

そしてそんな全ての施設が、重厚な防壁で囲まれていた。一周何キロあるんだろうとつい想像してしまう。

なんだか巨大な大学のような場所で、そのあまりの規模に私は絶句してしまった。

「お、おぉ……おっきいっス……」

隣ではリッカも圧倒されて驚いている。

カローナさんは遠くまで眺めようとするように、高く空中を漂っていた。

「い、行こうか……」

そう言いながら、門から校舎まで真っ直ぐに伸びる道を歩き出す。隣でリッカが、深く帽子を被り直した。

校舎の入り口前には案内役の人が立っていて、その人の指示に従い、第一訓練場というとても広い施設に辿り着いた。前世でよく見た野球場のような場所だ。

入り口に受付のテントが張ってあったので、ひとまずそこに足を向けた。

「こんにちは！　入学試験を受けに来たっス！」

リッカが笑みを浮かべて、元気よく話しかける。

受付に座っていた長髪の男は、面倒くさそうにこちらへ視線を移した。

「あぁ？　なんだ……ガキじゃねえか。本当にCランクか？」

そう言って、疑いの目を向けてくる。リッカは胸にかけていたプレートを、よく見えるように顔の前に掲げた。

「Cランクっスよ！　ほら！」

「…………ん？　お前、獣人か？」

男はリッカの口元を見てそう言った。おそらく、笑った時に牙を見られたのだろう。

「えっ……」

言い当てられたことに驚いて、リッカの顔が固まる。

私は咄嗟にリッカの前に立った。

「何か問題でも？　たしか規定では、試験の際に種族の差は一切考慮しない、と定められていたはずですが」

軽く睨みつけると、男は薄く笑みを浮かべながら言った。

「ああ、そうだな。問題はない。だが試験では帽子もコートも脱げよ？　そんな風に隠されちゃ、採点もしづらいからな」

男の胡散臭い言葉に腹が立つ。どうせ獣人の耳や尻尾を衆目に曝《さら》して、辱《はずかし》めたいだけのくせに。

私自身はリッカが自分の体を隠す必要なんてないと考えている。恥ずべきことなど何もないのだから。

しかし、それはあくまでも私の意見だ。実際にどう感じるかは当事者であるリッカにしか分からない以上、この問題にどう向き合うのかは彼女の自主性に任せたい。少なくとも、他人の悪意に強制されるようなことにはなって欲しくなかった。

「それと、お前もハンタープレートを出して、そのフードをとれ。試験を受けに来ておいて、顔を隠してんじゃねえよ。弱いやつが、自分に自信がなくて隠れたがるのは分かるけどな。やる気がないんだったらさっさと帰んな」

しっしっと手を払って、私を追い返そうとする。

……こいつも、この学校の教官なのだろうか。

こんなムカつく人がいるなら、学校生活は少なくとも退屈はしなさそうだが。

「……私はハンターではないので、プレートは持っていません」

そう呟くと、男は顔を顰《しか》めて一層邪険な態度になった。

「はあ？　ふざけてんのか？　冷やかしならさっさと帰れ。お前みたいな馬鹿に付き合ってやってるほど暇じゃないんだ。ついでにそこの獣人も連れて……」

「アーベンローテさんから推薦状を預かってきました。確認をお願いします」

男の話を遮って、机に推薦状を叩きつける。机が思ったよりも硬くて手が痛かったが、ここで痛がるのも格好がつかないため我慢した。

私はそのまま乱暴にフードをとる。外気に触れた髪の毛が、気持ちよさそうに揺れた。

「は……？」

男は私の顔と手紙とを見比べながら、口をパクパクと開け閉めしていた。

その無能の極みといった反応の一つ一つに、つい苛ついてしまう。一度悪意や嫌悪を抱いてしまえば、どんな些細《ささい》なミスや欠点も必要以上にマイナスに感じてしまうものだ。

私は既にこの人が嫌いだった。

「ア、アーベンローテ様の……？　それにお前、その顔……あ、まさか……」

男はようやくそう呟くと、私たちに何を言うでもなく、急いで校舎の方へ走っていってしまう。

当然、残された私たちはどうすればいいのか分からない。小さく疑問の声を上げながら、走り去っていく男を見送った。

「……どういうこと？」

「さあ……待ってればいいんスかね？」

リッカと顔を見合わせて、お互いに小首を傾げる。

それにしても、受付の書類などまでその場に置いていってしまうとは、不用心にも程があるんじゃないだろうか。これでは誰に覗き見られても文句は言えないだろうに。

しばらくその場で忠犬さながらに待っていると、やがて校舎の方から先ほどの男と、四十代ほどの眼鏡をかけた知的そうな貴婦人が歩いてきた。

厳しそうな目で、私たちを見つめている。

やがて私たちの元まで来た彼女は、よく通る声で流暢《りゅうちょう》に話し始めた。

「初めまして、カンナさん。アーベから話は聞いていますよ。彼が大変お世話になったとか。その節はどうも、ありがとうございました」

貴婦人は丁寧に腰を折った。いきなりのことに驚いたが、すぐにアーベさんが知らせておいてくれたのだろうと思い至り、感謝の念が浮かぶ。

後ろからリッカの、尊敬と憧れの混ざった視線を感じる。

「私はルミルダ・ハートと申します。ここでは主に支援魔法、変性魔法を教えています。先ほどの部下の無礼な対応については、私から謝罪をさせていただきます。申し訳ございません」

「い、いや、別に……」

怒ってるわけでも、謝って欲しいわけでもないのだが……と思ってちらりと男の方を見ると、彼はルミルダさんに頭を下げさせておきながら、自分は不満そうな顔でこちらを睨んでいた。

きっと、私たちのせいで自分の評価が下がった、とでも思っているのだろう。

こんな人でも教官になれるような場所なのかと、私の中の学校に対する評価も下がった。

「アーベは非常に優秀な魔法使いです。そして魔法に関しては、自分にも他人にもとても厳しい。彼が誰かの魔法の腕を認めるというのはとても珍しいことなのです。カンナさんがこの推薦状を手に入れてきた時点で、既にあなたの実力は疑いようがありません。試験を受けるまでもなく、合格で構わないでしょう」

顔を上げたルミルダさんが、私に向かって凛とした笑顔を向けてきた。

その澄んだ顔つきは、長年に亘って正しく洗練《せんれん》され続けたような、潔白《けっぱく》な人格であることを感じさせた。ただ、一筋縄《ひとすじなわ》ではいかなそうな言い知れぬ迫力も感じる。

どうやら、ただのいい人というわけでもなさそうだ。

「ただ……」

ルミルダさんはその清い笑みをいたずらっ子のように歪めると、私に向かって軽い調子で言ってきた。

「私としては、アーベがそこまで認めるあなたの魔法を、ぜひ一度自分の目で見てみたいですね」

そう言いながら、期待するような目を私に向けてくる。

その言葉に、この人もまた濃い人生を歩んできた、強《したた》かな女性なのだろうと思った。

「私は別に構いませんが……ここでですか？」

「ええ。何か不都合でも？」

ルミルダさんはにこにこしながらそう言ってくる。その顔を見て、ああ、これは逃げられないなと悟《さと》った。

この人の行動原理は、魔法への飽くなき探求心と、純粋な好奇心だ。どちらも同じくらい厄介で、手の施しようがない。それはある種の不治の病なのだ。

たいていの場合、それらは周りがうんざりするほどのエネルギーを持っている。

「不都合というか……ほら、テントとかありますし」

一応の言い訳をするべく、私は上を見上げながら言った。

頭上を覆うテントは簡素なつくりだが、だからといって破壊していいというわけでもない。

「ああ……なるほど。ではこうしましょう」

ルミルダさんはそう言うと、ポンと軽く手を叩いた。

その瞬間、日光を遮っていたテントの中心から急に火の手が上がり、勢いよく燃え始める。不思議なことに、炎は決して燃え広がらず、逆にテントがその炎に吸い込まれるように中心に寄って燃えていく。

テントが四隅の最後まで吸い込まれると、そのまま炎は大人しく鎮火《ちんか》して、あとには何も残らなかった。空を遮るものがなくなり、私は馬鹿みたいにポケッと雲を見上げていた。

「さあ、これで邪魔はなくなりました。見せてくれますか？」

ルミルダさんは丸い眼鏡を光らせながら、本当にただ楽しみそうに笑っている。

学生の魔法一つ見るために、ここまでするか。

というか、あんな綺麗な魔法を使われたら、あとの人が魔法を見せづらいとか思わないのだろうか。この人は絶対、学生時代はその優秀さ故に周りの友達から疎《うと》まれていたタイプだ。

「……分かりましたよ……なんでもいいんですよね？」

私がそう尋ねると、ルミルダさんは花が開くような笑顔を見せた。

「ええ！　なんでも好きなものを見せてください。驚かせてくれると嬉しいわ」

興奮しているのか、顔を赤くして早口で言ってくる。

私は体に魔力を込めながら、何をしてやろうかと思案した。

『カンナ、どうするの？』

胸の中から、カローナさんが話しかけてくる。

『そうですね……せっかくですから、そこのムカつく男のこと、ビビらせてあげましょうか』

『どうやって……ああ、あの子？』

『ええ。そろそろお披露目《ひろめ》してあげたいですし』

『そう。楽しみね』

カローナさんはそう言って、胸の中から出てきて私の頭に乗った。

私は胸の中で今か今かと出番を待っている、白銀のドラゴンに意識を向ける。

「では……おいで、ドンちゃん！」

私の体の中から、大量の魔力の塊が抜け出した。

セルフィアの町を出て、王都グリーディアに到着するまで二週間あまり。そのほとんどは、移動に疲れて体が動かなくなった際の休憩時間に使われていた。

動きたくても足が動かず、ただ休憩している時間はあまりに暇だ。

昔から時間さえあれば、勉強なりバイトなり、時間を無駄にしないように過ごしてきた。そのせいか、何もせず休んでばかりいると、すぐに不安になってきてしまう。

私はその膨大な休憩時間を、魔法の研鑽《けんさん》に費やした。といってもカローナさんに習った魔法の復習くらいだが。

中でも最も苦労したのが、私の中で眠るドラゴンを、私の理想の形で呼び出すことだった。

魔法とは、魔力をイメージした「もの」や「効果」に変換するものだと思っている。生き物を召喚するのは、他の単一的な要素のものを生み出すより遥かに難しかった。

細部までイメージを固めておかないと、すぐに破綻《はたん》が生じてしまう。

試行錯誤《しこうさくご》の末、私は自分のイメージ通りのドラゴンを魔力で形づくって、自由に扱えるようになった。


私が魔力を放出すると、体長十メートルほどの大きなドラゴンが、私の横に姿を現した。

白銀の鱗に、鋭く尖る牙。私と同じ、アメジストのような瞳。

妖《あや》しく輝く翼は、今は綺麗に折りたたまれている。

そこに現れたのは、間違いなく私と戦ったあのドラゴン——ドンちゃんだった。

「なっ……」

その場にいる全員が、ドンちゃんを見上げて絶句している。

そうだろう、そうだろう。格好いいだろう。

何度もイメージを形にする練習を重ねた甲斐《かい》があるというものだ。

ドンちゃんの登場に静まり返った三人をよそに、カローナさんが不審な様子で話しかけてくる。

『カ……カンナ……あなた今、ドンちゃんって言った？』

『言いましたけど？　あ、言ってませんでしたっけ。せっかく魔法が完成したので、名前をつけてあげたんですよ。ドラゴンだから、ドンちゃんです』

『ド……ドンちゃん……そう……ドンちゃん……』

『可愛いでしょう？』

『え!? え、ええ……趣《おもむき》は、あるわね……その……今にも騒ぎが始まりそうな、元気な名前だわ』

『……？ ありがとうございます』

言葉の意味はよく分からなかったが、まあ概《おおむ》ね好評のようだ。ドンちゃんも心なしか嬉しそうにしている。私が生みの親だからか、きっとセンスが合うのだろう。

ドンちゃんは、普段は私の中で眠っている。カローナさんとは、同じ家の一階と二階のような感覚で住み分けているらしい。例えられても、私には意味が分からない感覚だった。人の体内で何をしてくれてるのか。

魔法で作られているので、大きさは自由に調節できる。そしてその強さは、内包する魔力の量に比例する。

また、傷を受けることがあっても、私の中で魔力を回復させれば元通りだ。さながら私はなんとかセンターのようなものだろうか。

「カ、カンナさん……これは、一体……？」

ルミルダさんが口を大きく開けながら、震えた声で聞いてくる。

「何って、魔法ですよ。召喚したんです」

そう答えると、ルミルダさんは私の顔を、何か不可解なものを見るような目で見てきた。

「召喚って……これだけ巨大で強力なものを、どうやって召喚して、維持しているというんですか……」

「え？　どうやってって……」

質問の意味が分からず、答えに窮《きゅう》してしまう。召喚は分かるが、維持とはどういうことだろうか。

考え込んでいると、カローナさんが胸の中に帰ってきて教えてくれた。

『召喚魔法っていうのは、契約した魔物を魔力で従わせながら、目の前に呼び出す魔法よ。カンナのドラゴンは――』

『ドンちゃんです』

『……ド、ドンちゃんは、カンナが魔力で一から作った子だから、一度呼び出してしまえば従わせておく魔力は必要ないのよ』

『へえ……それ、ルミルダさんにはなんて言いましょう？』

『そのまま言えばいいいんじゃない？』

『カローナさん、私だって学習するんですよ。カローナさんがそういうことを言う時は、信じるとだいたいろくなことにならないんです。どうせ魔力でドラゴンを一から作ったとか言ったら、驚かれて、変わり者扱いでしょう？　それくらい私でも分かりますよ』

『なんだか私への信頼がなくなってる気がするわ……』

『自業自得です。とにかく、もうそんなワンパターンの展開、うんざりなんですよ。私は普通が一番なんです』

『じゃあ、どうするの？』

『まあ見ててください。私、嘘にはちょっと自信があるんですよ』

そう言って、ルミルダさんの目を真っ直ぐに見つめる。目を逸らさないのがコツだ。

この方法で、王族さえ騙してみせた。

私は軽く息を吸うと、苦しそうな顔をしながら、片膝を地面についた。

「くっ……やっぱりドラゴンの召喚は負担が大きすぎる……！　これじゃあ維持していられれ……」

「くだらない嘘はやめなさい！　魔力に余裕があることくらい見ればすぐに分かります！　私を馬鹿にしているんですか！」

「ひぃっ！　……ご、ごめんなさいぃ……」

なぜだ。あっさり嘘が看破されてしまった。

『……私は、そんなカンナも好きよ』

『……ありがとうございます』

落ちこむ私を、カローナさんが励ましてくれる。たまには優しいところもあるのか……

結局、魔法の詳細に関しては秘密ということで、渋々ながら納得してもらった。

ルミルダさんはこれからの学校生活で秘密を聞き出す気が満々みたいだが、果たして逃げきれるだろうか。

まあ、それは後日改めて考えよう。今はそれよりもやっておきたいことがある。

「ところで……召喚して、これで終わりなんて、私は言ってませんよ？」

「どういうこと？」

私の言葉に、ルミルダさんは疑問を浮かべる。

「魔法は手品じゃないんだから、驚かせるのが目的じゃないってことですよ。実際に戦ってみて、初めて実用性が分かるんだと思いますけど。ねえ、さっきからルミルダさんの陰に隠れてる、その受付さん？」

私はルミルダさんの後ろでガタガタと震えている、先ほどの受付の男に声をかけた。

実を言うと、ドンちゃんは出てきた瞬間から、彼に対してだけ殺気を放ち続けている。私の意思を正確に汲《く》み取《と》ってくれるのも、ドンちゃんの利点の一つだ。

「は、はあ⁉」

突然指名された受付さんは、青い顔をして悲鳴に近い疑問の声を上げる。

「弱い人が自分に自信がなくて隠れちゃうのは分かりますけど。ああ、怖くても帰っちゃダメですよ？　あなたには私と違って、『ハンター』の仕事がありますからね」

私は彼を見つめながら、先ほどの彼の調子を真似て言う。

彼は瞬時に顔を青から赤に染め直したが、ドンちゃんが一歩動いただけで、すぐに後ろに引っ込んでしまった。

そんな彼の元まで、私はゆっくりと歩く。

ルミルダさんが止めようか逡巡しているようだったが、私は平和的な笑みを浮かべてみせて、やんわりと介入を阻止した。

「ひっ！　な、なんだよ……なんだよっ！」

彼は怯えながら後ずさり、勢い余って後ろに転んでしまった。

それでもなお私は近付いて、彼の耳元に口を寄せる。

そして彼以外の誰にも聞こえない声で囁いた。

「……試験は公平に行ってくださいね。たしか、服装も自由でしたよね。ああ……それから、試験中、在学中に、私や私の友人に悪意を持って関わらないでください。私、もしもそんなことされたら……あなたのことをどうしちゃうのか、自分でもちょっと分かりませんから。いいですね？　……リバー・ディッシュさん」

そう言って、顔を離す。

彼の顔を見ると、青を通り越して、もはや恐怖で色が抜け落ちていた。

私が笑みを浮かべて「ねっ？」と言うと、彼は壊れたように、一心不乱に首を縦に振った。

殺気を放つドラゴンを目の前にして脅されながら、名乗った覚えのない自分の名前をいきなり呼ばれれば、そりゃあ怖くもなるだろう。

書類を雑に放置して校舎へと走っていった彼が悪い。隙だらけなのだ。

「すみません、調子が悪いので戦うのは無理だそうです。今日はやめておきましょう」

私は振り返ってそう言いながら、ドンちゃんを小さくする。

殺気を出すのをやめたドンちゃんは、一仕事終えたように満足気に飛んできて、私の胸にぶつかってきた。

「うっ……もう、どうしてみんな飛びついてくるのか……」

小さくしておいてよかった……と思っていると、ドンちゃんが私の体をヨジヨジと登ってきて、肩の上に腰を落ち着けた。いや、正確には腰ではなくお腹か。柔らかいお腹を肩に乗せて、前足で掴まってバランスをとっている。そして甘えた様子で、顔を私のほっぺたに擦りつけてきた。

本当は頭の上にも乗ってみたいようだが、それだけはカローナさんが断固として許さないらしい。二人の度重なる折衝《せっしょう》の結果、今の形に落ち着いたのだと、カローナさんがなぜか誇らしげに教えてくれた。

そして肩に乗るドンちゃんに対抗するように、カローナさんが慌てて飛び出てきて、私の頭の上に着地する。いったい何を張り合っているのか。

……二人とも、さっさと中に帰れば？　と思うのだが。

「ああ、ドラゴンさんばっかズルいっス！　自分も！」

「いや！　リッカのサイズは無理……ぐへえっ！」

あれ？　なんかデジャヴ……？

鳩尾《みぞおち》に衝撃を感じながら、視界が空色に染まる。

ああ、そっか……今日は快晴だったのか……

そんなことを思い浮かべながら、私は意識を失った。

私、最近意識を失いすぎだと思う。誰のせいだろう。

15　セルフィアの人たち

セルフィアの町に、一つの小さな宿屋がある。大通りの一つ裏でひっそりと営業している、隠れ家のような建物だ。

どこにでもありそうな平凡な宿屋だが、その静かで落ち着いた雰囲気と、安心して食べられる美味しい食事から、利用者の間では評判がよかった。

カンナがセルフィアの町を発って一ヵ月以上が過ぎた今日も、町は変わらず賑《にぎわ》わっている。

特にこの宿屋は、カンナがいなくなってからというもの、今年一番の繁忙期《はんぼうき》を迎えていた。例年ではさして忙しくもないはずのこの時期に、臨時で従業員を雇ったほどである。

理由は単純明快。カンナがこの宿に宿泊していたと、町中で噂になっていたからだ。

カンナがいなくなったあの日、火事が起こったイスク防具店の周りには、多くの町民が集まっていた。

そんな中でカンナがもたらした奇跡の雨。あの神の御業《みわざ》と言っていい救いの雨は、見ていた多くの人々の心に、深い畏敬《いけい》の念を抱かせた。

もともとその整った容姿と、持ち前の気立てのよさから、町中の人気者だったのだ。衆人環視の中であれだけのことをして、忽然《こつぜん》と姿を消したカンナが神格化されるのは必然だった。加えて、商業組合やガルダープの屋敷が襲撃されていたことも、カンナが天罰を与えたのだろうと思われる要因になった。

「はー、ほんと忙しい。カンナさんには感謝しないとなぁ！」

宿屋を営んでいる老夫婦の孫娘、カンナの友達でもあるシーナは、袋に詰め込まれた大量の食糧を倉庫にしまいながらそう呟いた。

どこぞの鍛冶職人たちと違って、宿屋は商魂《しょうこん》たくましい。

こうなることを見越していたシーナは、あえてカンナの泊まった部屋には手を付けず、女神の宿泊した聖地として、宿屋の名物にした。

未だカンナの生活の跡が窺える聖地を一目見ようと、多くの町人や観光客が集まる。宿泊だけでなく、拝観料《はいかんりょう》、食事代、お供え物などを店の利益にする他、カンナとの思い出話に少し色をつけて話せば、客は大盛り上がりでチップをくれる。

宿屋はこれ以上ないくらいに潤《うるお》っていた。シーナは毎日満面の笑みでカンナに感謝する日々だ。

「……カンナさん、どうしてるかなー……」

それでもふとした瞬間に、そう零してしまうことがある。

優しくて、色々手伝ってくれて、一緒に遊んでくれた。面白い話もたくさん教えてもらった。

一緒に過ごした時間は短くても、シーナはカンナに懐いていたし、彼女を慕《した》っていた。いなくなってしまった日は思いっきり泣いたし、今でも寂しくなる時がある。

「やっぱり……いつかもう一度会いたいな……」

宿屋で働いていれば、当然客との別れには慣れてくる。

それでもカンナとの別れだけは、いつまでも抜けない棘《とげ》のように、シーナの胸に鈍い痛みを与え続けていた。

「おーい、シーナちゃん！　いるかー!?」

「はーい？」

突然お店の方から、最近よく食事しに来るハンターの男性の声が上がる。

急いで荷物を整理して、お店側の方に顔を出した。

「どうしました？」

「お、シーナちゃん！　もう聞いたか!?」

男性は目を輝かせながら、シーナに問いかけてくる。

意味が分からなかったシーナは、男性に詳しい説明を求めた。

「何の話ですか？」

「やっぱまだか。驚きのビッグニュースだぞ！　実は——」

数十秒後には、シーナは大慌てで宿屋を飛び出していた。

セルフィアの町の南大通り。

町の中でも一際賑わうこの通りに、一つの有名な防具店があった。

『イスク防具店』

この防具店は、一ヵ月以上前に一度火事で焼け落ちている。

しかしセルフィアの女神、カンナの起こした奇跡の雨によって、どうにか全焼は免れていた。カンナが姿を消したあとは、イスク防具店の店主、フリド・イスクの父親である、クロード・イスクが、修繕《しゅうぜん》に必要な代金を全て負担して、あっという間に営業を再開させた。

おまけに新しくなった店は前よりも大きく綺麗になっており、女神が働いていたお店として、客足の方も順調に伸びていた。

ただ、フリドやクロードは、どこかの宿屋とは違って利益にあまり頓着《とんちゃく》しない。

客の目的が何であろうと、自分たちはただ自分たちの作品を作って売るだけだというように、ひたすら鍛冶に勤しんでいた。

新しい店の看板には、店名の横に彫刻家によって彫られた姿絵が描かれている。デフォルメされたカンナが、笑顔で接客をしている姿だ。

その笑顔も、長く美しい銀髪も、紫色のローブも、今ではすべてが懐かしい。

看板にはさらに、小さく『イスク防具店のお姫様』と刻まれていた。町がどんなにカンナのことを女神と持ち上げようと、このお店の客たち、そしてフリドとクロードにとっては、どこまでもカンナはイスク防具店のカンナだった。

「おーっす。防具の修理頼みに来たぞー」

入り口の扉が開き、一人の男が入ってくる。ハンタープレートを首にかけ、一通りの装備を身に着けたその男は、慣れた様子で店の奥に足を向けた。

「フリドさん。これ、また頼むよ」

「ああ、ディーンさん。いつもわざわざすみません」

店の奥で作業をしていたのは、店主のフリド・イスクである。いつも集中して鍛冶の仕事をしているため、近くまで行って声をかけないと反応されないのだ。

「本当にいつもお手数おかけして……新しい従業員をいれた方がいいとは思っているのですが……」

「いいっていいって。今のままでも不便はないし、俺たちもやっぱ従業員はカンナちゃんじゃないと落ち着かないからさー」

フリド・イスクは今や、そこそこの有名人だ。一カ月ほど前に町にやってきた第二王子の護衛騎士が、フリドの安価かつ高品質な防具に目をつけ、軍の正式な防具として採用できないかと上層部に掛け合っているらしい。

そうなれば、まさに寝る間も惜しんで大量に製造しなければならなくなる。従業員だって、新しく雇う必要が出てくるだろう。

「カンナちゃんと約束しましたからね。世界一の鍛冶師になって、カンナちゃんを驚かせるって。悲しんだりしている暇はないんですが……それでも今はまだ、カンナちゃん以外の従業員を雇うのに抵抗があるんですよね……」

今のイスク防具店は、常連のハンターたちが入れ替わり立ち替わりやってくるため、その都度みんなで協力しながら営業が成り立っている。

フリドは常連たちに支えられながら、なんとか鍛冶仕事をこなしていた。

「別に俺らだって、好きで手伝ってるんだからいいんだよ。本当に必要になるまで、無理に新しい人を雇う必要はないって。カンナちゃんにも、よろしくお願いされたからな」

ディーンと呼ばれた男は、そう言って快活に笑った。

カンナが残していった手紙は、今はフリドが代表して大切に保管している。

あの日、みんながあの手紙を読んで、そしてみんなで悲しんだ。

クロードまで目に涙を浮かべていたことが、フリドには印象的だった。

「本当に助かってますよ。みなさんにはどれだけ感謝をすればいいか……」

「こっちだっていい防具作ってもらってんだから、お互い様だって!」

フリドがディーンとそんな会話をしていると、突然店の扉が勢いよく開いた。

息を切らしたシーナが、汗で髪の毛を顔に貼りつけながら、興奮した様子で入ってきた。

「シ、シーナちゃん⁉　どうし……」

「フリドさん！　聞いた⁉」

シーナは入って来るなりフリドに詰め寄り、開口一番にそう尋ねる。

綺麗に無視をされたディーンが、心配して突き出した自分の右手を悲しそうに見つめながら固まっていた。

「ど、どうしたの、シーナちゃん？」

フリドがシーナの剣幕に驚きながら聞くと、シーナは声高に話し始めた。

「さっきうちのお客さんに聞いたの！　一ヵ月くらい前に、王女様がセルフィアに来たでしょ⁉」

「あ、ああ……政務の一環だとかなんとかでね……それがどうしたの？」

フリドがそう尋ねると、その問いを待っていたというように、シーナが嬉しそうに破顔する。そして歓喜に満ちた瞳で、真っ直ぐフリドの顔を見て言った。

「王女様が、ガルダープを罪人として捕まえたって！　商業組合からも、何人か一緒に捕まったみたい！」

「え……」

フリドが言われた言葉の意味を完全に理解する前に、シーナは続ける。

「もしかしたら……もしかしたらさ！　これでカンナさん、帰ってこれるんじゃない⁉」

その知らせは、あっという間にセルフィアの町全体に広がった。

◇
◆
◇
◆
◇

セルフィアの町は、グリム王国の一つの要衝にあたる。

王都にほど近いこの町は、軍事、商業、産業など多岐にわたる分野での交通拠点になっていた。

そのため、一年の間に何回か、王族がセルフィアの町に滞在して、王都との提携を図るための政務処理を行うことになっている。

当然王宮とまではいわないが、王族が滞在するに相応しい立派な屋敷が、町の中心に聳《そび》え立《た》っていた。

そんなお屋敷の、ある一室にて。

王国随一の魔法使いであるアーベンローテが、一つの報告書に目を通していた。

「どういうことなんだ、一体……」

一通り報告書を読んで、思わず頭を抱える。

カンナについての理解不能な報告の数々が、そこには並んでいた。

あの日、アーベンローテがドラゴンの襲撃を受け、未知数の力を持つ少女と出会ってから、もう一カ月以上が経つ。予定通りの日程であれば、カンナが高位ハンター養成学校に入学して二週間あまりが経過しているはずだった。

果たして、カンナは予定通り、学校への入学を決めたらしい。アーベンローテは、部下であるルミルダからの報告書で、カンナの動向を確認しておくはずだった。

しかし、これは……

「なんとも言えない報告だな……ルミルダは優秀ではあるが、教官としては善良すぎるし、魔法使いとしては自分の知的好奇心に素直すぎる……もう少し、性悪か馬鹿の方が扱いやすいんだが……」

ルミルダの報告の要点をまとめれば、だいたい次のような内容になる。

一つ、初日から特殊な召喚魔法で強大な力を持つドラゴンを召喚し、使役していた。

二つ、同じ年頃の獣人と常に行動を共にしている。獣人には大いに慕われている様子。

三つ、獣人に反感を持ち、嫌がらせをする学生や教官を、次々と締め上げていっている。また、その容姿と実力、天性のカリスマ性から、今では学校の半数以上の学生がカンナの派閥に与《くみ》している。教官ですら、大半がカンナの言いなりになってしまっている。

四つ、一部授業について、一度も真面目に受けていない。魔法学と座学は非常に優秀なものの、基礎となる体力トレーニングや、ハンターとして必須の野外演習では、いつも体調が悪くなったふりをして早々に脱落する。全体的な評価は間違いなく最低のDランク。

以上の報告の他、カンナが起こした問題行動の数々をリスト化したものも同封されていた。

内容は取るに足らないものばかりだ。初日に告白祭りが開催されたとか、教官の誰々が脅されていたとか、ついにファンクラブが発足したとか、そういうくだらないもの。アーベンローテが知りたい情報ではなかった。

カンナの魔法についてのルミルダの考察も分厚く書かれていたが、そちらはあとでゆっくり読ませてもらうことにする。

「ドラゴン……？　あのあと使役したのか……？　しかしこれでは、あの女のことが何も分からないな……」

アーベンローテが知りたいのは、カンナのもっと深い部分。例えば、明らかに肩入れしているであろう獣人となぜ行動を共にするに至ったかとか、魔法学ではどのように優秀なのかとか、そういう具体的なことだ。

彼女ほどの才媛《さいえん》であれば今さら基礎の授業を真面目に受ける必要がないことは理解できるし、あれほど抜きんでた容姿なのだから、他のハンターたちが放っておかないことも予想できる。教官まで言いなりになっているのは予想外だが、まあ驚くことではない。

とにかく、彼女の魔法やその強さに関する秘密と、彼女を王国に繋ぎとめておくことのできる情報を、アーベンローテは求めていた。

「何か弱みになるもの……何か……なんでもいい……」

腕を組み、策を練る。どうすればカンナの情報をより入手できるのか。

「……獣人、か……」

改めて報告書に目を通しながら、アーベンローテは呟いた。

アーベンローテにとって、獣人など所詮は魔法も使えない劣等種。人というよりは、獣の類である。カンナがなぜ獣人を庇うような真似をしているのか、理解できなかった。

「失礼します！　アーベンローテ様、ご報告が！」

突然、扉が勢いよくノックされ、王族の側仕えが青い顔をして飛び込んできた。

王族の護衛を依頼されているアーベンローテに話が来るのだから、穏やかな内容ではないだろう。

「どうしました？」

アーベンローテはやおら立ち上がると、側仕えの話に耳を傾ける。

側仕えは興奮した様子で、口早に報告した。

「た、たった今ミリア王女が、直属の部下を数人ひきつれて、独断で王都へ向かわれました！　王への報告のついでに、カンナお姉様に会ってくる、と言い残して……」

「な、なんだと……!?」

アーベンローテはその報告を聞いて、軽い眩暈《めまい》を覚えた。

いくら子どもとはいえ、王族なのだ。軽々しく行動してもらっては困る。

第二王子の付き添いで来ただけだろうに、こうも問題を起こされては堪らない。ましてや要観察対象であるカンナと独断で接触を図るなど、愚かとしか言いようがない。

馬鹿女が……という言葉をすんでのところで呑み込んで、アーベンローテは側仕えに命じた。

「……すぐに人を集めなさい。ミリア王女を追って、王都へ向かいます。迅速に動きたいので、少数で構いません。この屋敷の警備は緩めないように」

そう指示して、側仕えを退室させたあと、アーベンローテは自分も支度を始める。

荷物をまとめながら考えた。これはある意味、いいタイミングかもしれない、と。

知りたい情報を得るために、一度自分で動いてみるいい機会だ。幸い向かう先は自分の根城である。打つ手はいくらでもあった。

「そのお気に入りの獣人とやらが、あの女の弱みになればいいんだがな……未だ獣人に反感を持っているという、学校のもう半数。利用させてもらうとしよう」

アーベンローテはそう言って、酷薄《こくはく》な笑みを浮かべる。獣人ごときが本当にカンナを操る手綱になりえるのか、調査する必要がある。

「まったく、馬鹿王女め……手間をかけさせる」

そう呟いて、アーベンローテは部屋を後にした。

◇　◆　◇　◆　◇

ミリア・イズリスは自分を取り巻く環境の全てに絶望していた。

王女という響きは、はたから聞けば高貴な素晴らしいものに思えるかもしれない。しかしその実態は、幼い身で政略的に結婚を強要される、国の道具でしかない。

彼女はそんな自分の運命を、物心付いた頃からずっと呪って生きてきた。

ミリアは望まない結婚を回避するため、必死になって勉強した。幸い彼女には突出した才知があり、子どもながら、既に国の誰よりも優秀だった。師匠に恵まれたのも大きいだろう。

周りはみんな馬鹿ばかり。忙《せわ》しなく各地を飛び回って、自分がいなければ国を回せないように手を加えていく。ミリアの才能に気付いている者は、王と、彼女自身で選出した直属の部下たちだけだった。

王太子は、ミリアを政略結婚のための一つの道具としか思っていない。そのため、ミリアは善良で扱いやすい第二王子を次の王にするべく動いていた。

政務を片付け、国を富ませ、その功績を第二王子に譲る。自分はそんな優秀な第二王子を慕い、憧れる純朴な妹を演じる。ミリアにとっては簡単な仕事だが、それ故に毎日が苦痛だった。

くだらない人生にうんざりしながら、いつも砂を噛むような気分で生きていた。

王宮で生きていれば、周りはみんな嘘つきだらけ。素直に気を許せる相手などいない。権謀術《けんぼうじゅっ》数《すう》にまみれたミリアの世界は、いつも薄汚い黒色で塗り固められていた。

そんな時に出会ったのだ。あの、嘘の下手な愛しい姉に。

カンナと名乗った彼女は、あれだけの力を持っていながら、穏やかで平凡な、普通の暮らしを望んでいるという。すっかり人の強欲に慣れてしまったミリアには、その価値観がとても尊く、眩しいものに感じられた。

ミリアにとって、カンナは暗闇の中に突然差し込んできた救いの光だった。

その自分の世界を貫き通す生き方に、憧れ、そして嫉妬した。

「はぁ……お姉様……」

作業の手を止めて、物憂《ものう》げに溜息をつく。

カンナと別れて、早一ヵ月。政務の合間に調べた情報によって、彼女がこの町を離れた原因が、商業組合のアスモ・ガルダープにあることはすぐに分かった。

しかし彼を捕らえて終わりという訳にはいかない。カンナはたとえガルダープが消えたところで、元の鞘に収まろうとはしないだろう。再び自分が迷惑をかけてしまうことを恐れて。

悪を綺麗に殲滅《せんめつ》するためには、中途半端なことをしてはならない。潰すときは漏れなく、一斉に潰すのだ。これは報復ではなく、粛清《しゅくせい》なのだから。

そのために一ヵ月の期間を要した。そしてようやく、すべての準備が整った。

「失礼します。ミリア様、お持ちしました」

一人の女性がミリアの部屋に入ってきて、分厚い資料を机の上に置く。

「ご苦労様、エレナ。少し待っていて」

ミリアは愛用のペンを持つと、資料をパラパラと捲《まく》って、すごい速さで目を通していく。時たまペンで何かを書き込んでは、また資料を捲った。

しばらくして、その作業が終わる。ミリアは一息つくと、トントンと資料を纏めて、待機していた側仕えに手渡した。

「チェックが入っているのが、不正に関わっていた人たちよ。すぐに捕らえてきなさい」

「かしこまりました」

側仕えは慇懃に腰を曲げて、部屋を出て行った。

既に一斉逮捕のための人員は用意されている。あとは動くだけだ。

この一ヵ月間の、商業組合の取引に関する全ての帳簿《ちょうぼ》と、それに携わった個人に関する資料。それを一ヵ月以上前のものと見比べながら、商業組合で悪事に携わった者たちを洗い出した。

情報量は膨大だ。しかしミリアはすぐに不正の証拠となる改竄《かいざん》の跡を見つけて、商業組合内の組織構造を理解した。

ミリアは間違いなく天才だった。それも、他の誰にも理解してもらえないくらい、圧倒的に。

「ふふ……お姉様……お待たせしました。ようやく、お姉様を迎えに行くことができます」

そう呟いて、ミリアは未だ瞳に焼き付いて離れない愛しい姉の顔を思い浮かべた。

数刻後には、商業組合から一斉に逮捕者が出たと、町中で噂になる。

16　ミリア王女の襲来

「かんぱーい！」

私たちが高位ハンター養成学校に入学して、二週間ほど。学校の近くにある小さな飲食店の個室で、私とリッカはちょっとしたお祝いを楽しんでいた。

お祝いの内容は、最低のHランクではあるものの、私が正式にハンターとして認定されたこと、それから私とリッカが正式にハンターギルドでパーティ申請を行ったことだ。

入学試験が免除されたとはいえ、卒業後に高位ハンターになるのならハンター登録が必要と言われた私は、休日を使ってハンターギルドへと赴《おもむ》いたのだった。

そして登録を済ませたその足で、私たちはそのままお店までやってきた。

「自分、臨時じゃなくてこうして正式にパーティを組むのって初めてっス！　なんか不思議な感じっスね！」

ジュースの入ったグラスを両手で握りしめながら、リッカは嬉しそうにそう言った。

「私はハンターになるの自体初めてだからなぁ……あんまり実感湧かないかも」

「どの道ずっと一緒に行動してたっスからね！」

「あははっ、そうだねー」

注文したケーキが来るのを待ちながら、二人で話に花を咲かせる。

リッカに一度チョコレートケーキを食べさせてからというもの、彼女はことあるごとにまた食べたがるようになった。好きなものが増えるのはいいことだ。

「それで、あの……自分、カンナさんがハンターになったお祝いに、プレゼントがあるんスけど……」

「え？　プレゼント？」

恥ずかしそうに顔を赤くしながら、上目遣いでこちらをちらちらと覗いてくる。

その可愛らしい仕草に内心で悶絶《もんぜつ》しながら、私は聞き返した。

「あの……そんな大したものじゃなくて申し訳ないんスけど……よ、よかったらもらってくれると嬉しいっス！」

リッカは照れながら、しかし少しだけ不安そうにしつつそう言って、私に大きな袋を差し出してきた。

「何か大きなカバンを持ってると思ったら、これが入ってたんだ……見てもいい？」

「ハ、ハイ！　どうぞ！」

私は袋の口を縛っていた綺麗なリボンを解いていく。

リッカはいよいよ恥ずかしさに耐えられなくなったようで、真っ赤な顔を両手で覆って震えていた。

「これは……人形？」

中から出てきたのは、形もサイズも異なる三つの人形。何をモデルにしたものかなど、言われなくても分かる。

「カンナさんと、ドラゴンさんと、自分っス……そ、その……三人で家族みたいに、飾ってくれたらなって……め、迷惑だったら全然いいんスけどっ！」

胸の前でツンツンと人差し指を合わせながら、目を泳がせてそう言ってくる。

その姿が愛らしすぎて、よく分からない感情が膨れ上がって爆発しそうになった。

「すごいよ！　リッカ、こんなことできたの!?　とっても上手だし、すっごい嬉しい！」

「えっ……そ、そんなことないっスよ！　これくらい普通に……」

「ううん、すごいって！　プレゼントをもらえるだけでも嬉しいのに、こんなに素敵なものを……本当にありがとう、リッカ！」

「……うっ……ううう〜〜っ！　恥ずか死ぬっス！　褒め殺しっス！」

手で顔を隠して、ぶんぶんと頭を振る。

そんなリッカの姿をしばらく堪能させてもらった。

『………つらいわ』

胸の中で、カローナさんがボソッと呟く。

『何か白い毛玉でも、私の頭の上に乗せておきましょうか？』

『……ゴミと間違われて捨てられたら流石に立ち直れないからいいわ』

カローナさんは悲しそうにそう言って、ふわふわとどこかへ飛んでいってしまった。

外の空気でも吸いに行ったのだろうか。可哀想に……まあ、一人にしてあげよう。


リッカが落ち着いて、ようやくカローナさんが戻ってきたところで、私からもプレゼントを渡す。

私のはパーティ結成記念のプレゼントだ。

「えっ!?　い、いいんスか!?　自分がもらっても!?」

「もちろん。もらってばかりじゃ悪いしね」

私がそう言うと、リッカは恐る恐る包装を解いていく。

「既製品で悪いんだけどね。可愛いのがあったから」

「これ……首輪っスか!?」

「チョーカーね」

私がプレゼントしたのは、青い宝石のついた黒革のチョーカー。

以前町を歩いた時、リッカに似合うと思ってこっそり買っておいた品だ。

「……わあぁ……」

リッカはチョーカーを手に取ると、顔の前まで持ち上げて矯《た》めつ眇《すが》めつ眺めている。

キラキラした顔が眩しく、惚《ほう》けたように、口がまん丸に開いていた。

「一応、お守りにはなると思うよ。私の魔力も少しだけ込めておいたからね」

そう話しかけてみたが、反応がない。聞こえていないのだろうか。

「あー……もしいらなかったら……」

「いらなくないっス！　絶対欲しいっスよ！」

誰にも渡さないと主張するように、全力で胸の中に抱きかかえる。

無理に奪おうとすれば噛みつかれそうな勢いだった。

「そ、そう……？　まあ、喜んでくれたならよかった」

リッカに向かってそう言うと、彼女は一瞬きょとんとした顔を浮かべたあと、ゆっくりと顔を伏せていった。

そして俯いたまま、消え入りそうな声で呟く。

「……喜びますよ、そんなの……嬉しいに決まってるじゃないっスか……」

その言葉に何も返せず、ただじっと見つめていると、リッカは突然顔を上げた。

そこには笑みが浮かんでいて、いつも通りの元気な声で言う。

「もしよければ、このちょーかー、カンナさんが付けてくれないっスか？」

手をこちらに差し出しながら、そうお願いしてくる。

当然、断るはずもなく。

私はチョーカーを受け取ると、立ち上がってリッカの後ろに回った。

「髪、さわるよ」

リッカの綺麗な髪を手で纏めて、左肩の前に流す。

リッカは姿勢よく座っていたが、ぶんぶんと振られた尻尾だけは、溢れんばかりの喜びの感情を隠しきれていなかった。

「お願いします」

その言葉に従って、リッカの後ろから手を回し、細い首に指をあてる。

そしてサイズを確かめながら、丁寧にチョーカーを嵌《は》めた。

「……はい、できたよ」

リッカの後ろからそう呟く。

するとリッカは体を後ろに倒して、私に頭を預けてきた。

上を向いて、後ろに立つ私と目を合わせると、幸せそうに笑って言う。

「えへへ……これからもよろしくっス。カンナさん」

頬を赤くして、にっこりと笑みを浮かべるリッカが可愛くて、思わずその頭を撫でた。

気持ちよさそうに目を瞑り、私に体を預けてくるリッカをひたすら撫でていると、いつの間にかテーブルの上に、二つのチョコレートケーキが置かれていた。

……やるじゃないか、店員さん。

それからケーキを食べ終えて、二人で店を出る。

幸せそうな顔の店員さんに、丁寧すぎるほどの礼をされながら帰途についた。

今日は珍しく、丸一日のお休みだ。明日の野外演習に向けての準備日らしい。といっても、私もリッカもおおよその準備は終わらせている。あとは部屋に戻って、荷物を確認する程度だ。

リッカは最近、耳や尻尾を隠さなくなった。

冷ややかな目を向ける者もまだ多いが、それを一切気にすることもなく、嬉しそうに首元を触っている。プレゼントがお気に召したようで何よりだ。


学校まで戻ってくると、何か様子がおかしいことに気付いた。

第一校舎の前に人だかりができているのだ。

見知った顔を見つけたので、声をかけて聞いてみる。

「あの、何かあったんですか？」

「カ、カンナ様！　いえ、それが……」

一応、この人は教官である。初日に何回かお話したら、なぜかこんな態度をとられるようになってしまった。別に何かをした覚えもないのだが。

教官が事情を説明するよりも早く、人だかりの中心から、聞き覚えのある声が上がった。

「カンナお姉様っ！」

「え？　……うえぇ!?　ミリア王女!?」

人だかりを割って駆け寄ってきたのは、少し前に草原で顔を合わせたミリア・イズリス王女だった。

そういえば、いつか会いに行くと約束していたっけ……それに、またすぐに会いましょうとも言われていたような。しかしまさか、本当に王女様が会いに来るとは。

「むぅ……お姉様……」

ミリア王女が不満げな顔をする。

なぜだろうと考えてみて、そういえば、ミリアと呼べと言われていたことを思い出した。

だからといって、こんな大勢の前で一国の王女を呼び捨てにできるわけがない。

私はミリア王女を連れて、人のいない場所へ向かった。これは王女誘拐にならないのだろうかと、内心ではビクビクだ。

頭上にいっぱいの『？？？』を浮かべながら、リッカも黙ってついてきた。

学校の敷地内に作られた森の方まで歩いてくると、周りに人気《ひとけ》がないことを確認して、ようやくミリアに話しかけた。

きっと護衛がどこかからこちらを見ているのだろうが、まあ相手の身内であれば構わない。

「ミリア……まさかこんなところで再会するなんて思っていませんでした」

言外に、『こんなところまで何しに来たの？』と問いかけてみる。

「カンナさん！　この人はどなたっスか？　カンナさんの知り合いっスか⁉」

リッカ！　このおバカ！

まったく空気を読まずに平気で会話を割って話しかけてくるリッカに、心の中で項垂れる。

私はミリアに視線で許可をもらうと、仕方なくリッカの方を向いて、ミリアの紹介をした。

「あー……この人はミリア・イズリス様……この国の王女様だよ」

「え？」

リッカは笑顔のまま口を大きく開けて固まったあと、

「えええええええええええ⁉」

と大声を出した。

私が耳を押さえる横で、ミリアは涼しい顔をしてあいさつを返す。

「初めまして。ミリア・イズリスと申します」

「お、王女様って……あの王女様っスか⁉　あの……国の……あれっスか⁉」

「はい、正式なグリム王国の王女ですよ」

リッカは混乱に目をグルグルと回している。現状が理解できていないようだった。

いや、まあ気持ちは分かる。王女様がこんなに唐突に、しかもまるで気心の知れた友人を訪ねてくるように目の前に現れても、一般庶民はただ困惑することしかできないだろう。

「うーん……なるほど……」

ミリアはそんなリッカを一通り観察すると、私に向かって問いかけてきた。

「お姉様、こちらのお方は？」

「あー……私のパートナーですよ。Cランクハンターのリッカといいます」

私がそう答えると、ミリアは笑顔を崩さずに言った。

「……へぇ……パートナー、ですか……そうですか」

少し間を空けると、ミリアは私の方へ歩きながら声をかけてくる。

「ところでお姉様。一般的には、妹とビジネスパートナーでは、どちらの方が距離が近いものなんですか？」

「え？　それはまあ、親族の方が距離は近いと思いますが……」

「あら、そうなんですか？　それなら私にももっと砕けた話し方をしてもらいたいです。なんだか、距離を感じてしまいますから」

すぐ目の前まで移動してきて、ミリアはまったく笑みを崩さずに私の顔を見上げてくる。

私は少しずつ後ずさりながら、ミリアに向かって声を返した。

「え、いや、それは……ミリアは王女様なわけですし……外聞もあるでしょう？」

「王女だからこそです。誰にも文句など言わせませんよ……ダメですか？」

「う……」

涙目でそんなことを言ってくるのはズルいと思う。いわゆる、あざといというやつだ。

どうしたって、お願いを聞かない訳にはいかないではないか。

「……はあ、分かったよ……これでいいの、ミリア？」

「はい！　お姉様も、私を妹だと認めてくれているようで、とても嬉しいです！」

「……え？　ああ、うん……」

私の間抜けな声を平然とスルーして、ミリアはリッカに向き直る。

「改めて、お姉様がお世話になっています。妹のミリアです。どうぞお見知りおきを」

「えええええ!?　じゃあ、カンナさんは王様の……」

「いや、違うからね」

リッカが言い終わる前に横から口を挟む。

溜息をつくと、ミリアに向かって問いかけた。

「それで、ミリアは今日はどうしたの？　ただ散歩してたってわけじゃないんでしょ？」

「ええ、もちろんです！　今日はご報告をしに参りました」

「報告？」

わざわざ報告されるような内容が思い浮かばず、私は首を傾げた。そんな私に向かって、ミリアは笑顔で話を続ける。

「勝手ながら、セルフィアの町でのお姉様のことを調べさせていただきました。その上でご報告いたします。アスモ・ガルダープ及びその他不正に関わった商業組合員全二十七名、王族の権限により捕らえさせてもらいました」

「え……」

突然の懐かしい名前と、その予想の斜め上をいく内容に、私はどう返せばいいか分からなくなった。

しかしミリアの言葉はまだ続く。

「イスク防具店の件で、お姉様に非は一切ないと判断いたしました。お姉様が望むのであれば、今すぐにでもイスク防具店に戻ることができます。お姉様はどうなさいますか？」

その質問は、今日一番私を悩ませた。

懐かしい、イスク防具店での出来事が頭の中に蘇ってくる。

私はあの場所に戻りたいのだろうか。それとも……

悩みながら、私を見つめるリッカの顔に目を向けた。

リッカは笑っていた。いつもと変わらない、無邪気な笑顔で。

私たちが何の話をしているのか、リッカには分からないのだろう。

当たり前だ。リッカはセルフィアの町で起きたことも知らなければ、イスク防具店が何なのかも、ガルダープが誰なのかも知らないのだ。当然、私がそこで働いていたことも知らない。

ただ私たちの話を邪魔しないように、いつも通りの笑みを浮かべながら、健気に待ってくれているのだろう。

私と一緒に部屋に戻って、二人で明日の準備をするために。

「私は……戻らない。もう、新しい居場所があるから」

そんなリッカの笑顔を見た瞬間、私の心は決まった。

あの笑顔を曇らせたくない。

今、目の前で待ってくれている彼女を裏切るようなことは、私にはできない。私はもうハンターで、彼女は私のかけがえのないパートナーなのだ。明日だって、その次の日だって、彼女と一緒に過ごす予定がある。それが今の私の日常だ。

「フリドさんたちには、お別れを済ませちゃったしね。多分お店の人たちは、私が戻るとも思ってないよ」

ミリアに向かってはっきりとそう告げる。

そんな私に、ミリアは尋ねてきた。

「そうですか……では、お姉様はこれからどうなさるのですか？」

「んー……どうしようかなぁ……」

その質問を受けて、私は頭を働かせながら漠然とこれからのことを考える。

「どこかで働かせてもらっても、結局前みたいに迷惑かけちゃうかもしれないしね……高位ハンターの資格をとって、国のためにまっとうに働いてみるのもいいかな？」

『私、世界旅行がしてみたいわ』

「あー……それか、国を出て自由気ままに旅するのもいいかもね。まあ、ここを卒業してから考えるよ」

一応カローナさんの希望を付け足して、答えを返しておいた。

カローナさんは嬉しそうにはしゃいでいる。まだ決定したわけではないのだが。

「……そうですか。お姉様らしいですね。分かりました」

ミリアは穏やかに微笑むと、横目でリッカのことを一瞥《いちべつ》して、再び私に歩み寄ってきた。

「……お姉様。お姉様にこれを渡しておきます。私からの贈り物です」

ミリアはそう言って、不思議な模様の入った銀のブレスレットを渡してきた。

いかにも高級品のように見えて、受け取るのに躊躇《ちゅうちょ》してしまう。

「その内、必要になるかもしれません。その時まで持っていてください」

ミリアに無理やり握らされる。

仕方なくそのまま受け取って、自分の華奢な手に嵌めた。

「ありがとう、ミリア。あ……そうだ」

私は自分の手に元々ついていたブレスレットをはずす。セルフィアの町で服や靴と一緒に買った、安物のブレスレットだ。

目を閉じて、ブレスレットに魔力を流し込む。

ルピリア・ナイフを作った時のように、ブレスレットが淡く輝きだした。

「お返しに、これあげる。王女様には安すぎるかもしれないけど、魔法でお守りにしておいたから。持ってるといいことあるかもね」

そう言いながら、ミリアの手に輝くブレスレットを載せた。

ミリアはしばらくそれをまじまじと眺めたあと、嬉しそうに相好《そうごう》を崩した。

「ありがとうございます、お姉様！　肌身離さず身に着けておきますね！」

「寝る時くらいは外そうね」

そう言いながら、ミリアの頭を撫でる。

ミリアが心地よさそうに微笑んでいる一方で、リッカがうずうずと体を揺らしているのが視界の端に見えた。あとで存分に撫でてあげるから、もう少しだけ待っていて欲しい。

少しの間そうしていると、急に後ろから、男の声が聞こえた。

「お久しぶりです、カンナ様。そして……ようやく見つけましたよ、ミリア姫様」

後ろから歩いてきたのは、数人の部下を引き連れたアーベさんだった。

額に汗を浮かべて、少し息を切らしている。どうやらミリアを探し回っていたようだ。

「あら、アーベンローテ様。いらっしゃったのですね」

「当たり前でしょう。護衛として雇われているのに、何も言わずにいなくなられては困ります」

そう言って、アーベさんは深く溜息をついた。

ミリアはそんなアーベさんの様子を見てクスクスと笑い、そのまま私に声をかけてきた。

「お迎えが来たので、私はこれで失礼いたします。お姉様、それにリッカさん。またお会いしましょう」

「ご迷惑をおかけ致しました……カンナ様、無事にご入学できたようで何よりです。また近々、ごあいさつに伺《うかが》わせていただきますね」

「あ……はあ……こちらこそ推薦状、ありがとうございました」

二人は軽く頭を下げて、学校の入り口の方に歩き出す。

私とリッカは、去っていく二人の後ろ姿をジッと見送った。

◇◆◇◆◇

ミリア・イズリスは、そのまま王都の王宮に帰還した。

セルフィアの町にはもう戻るつもりはない。カンナのいる王都から離れるなど、今のミリアには考えられなかった。

急に自分が抜けてしまうことで、セルフィアの町で問題が起きないかがいささか不安ではあるものの、向こうには第二王子であるオスカーがいる。政務も一通り終わらせてきたのだから、任せてもしばらくはなんとかなるだろう。

「……それに、お姉様がセルフィアに戻らないのであれば、あの町のことはそこまで気にかけなくていいでしょう」

ミリアは大量の書類を机の上に並べながら、小さな声でそう呟く。

彼女には、やらなければならない作業が山ほどあった。これまで自分がこなしてきた膨大な仕事を、誰にでもできるようにマニュアル化しておかなければならないのだ。

「ふふふっ、お姉様ったら……国のためにまっとうに働くだなんて……そんなの、絶対に無理に決まっているのに」

可笑しそうに、声を弾ませて笑う。

自分が平凡な人生を送れると本気で思っている姉のことが、可愛くて、そして可笑しくて仕方なかった。

どんなに可愛くて無邪気でも、自分を差し置いてどこかに行ってしまうなど、絶対に許すつもりはないのだが。

彼女がこの国を出て行くまでに、できるだけ作業を片付けておかなければ。

猶予はいつまであるか分からない。ともすれば、明日には町を出て行ってしまうかもしれないのだから。

「アーベンローテが何か仕掛けていたみたいだし……まあ、楽しみにしておきましょう」

ミリアは直属の部下に、自分がセルフィアを発ったあと、すぐにアーベンローテに知らせるよう指示を出していた。本来なら、王都へ向かう道中で追いつかれていなければおかしいのだ。

それにミリアは学校の敷地内でずっと姿を晒しながら待っていた。カンナたちを待っている間に、先に学校の教官でもあるアーベンローテに見つかっている可能性だって高かったわけだ。

彼がセルフィアを発った時間と、王都、そして学校へ到着した時間は部下から報告を受けている。明らかにミリアを見つけ出すのが遅すぎだ。

あえてミリアとの接触を遅らせて、その間に何かしらの仕掛けを施してきたのだろう。分かりやすい男だ。

「彼が何をするのかは分からないけど……何をしたいかはだいたい見当がつくわね……リッカさん、大丈夫かしら」

そう言って、少し作業の手を緩める。

リッカの存在が、羨ましいといえば羨ましかった。いや……正直に言えば、狂おしいほどに嫉妬してしまっていた。

ハンター。パートナー。カンナの言葉が耳に残っている。

籠《かご》の鳥は、光の下で自由を謳歌《おうか》する少女に羨望《せんぼう》を抱く。

「はあ……お姉様……待ち遠しい……」

ミリアはそう呟いて、静かに目を閉じる。

腕に触れてみれば、姉からもらった大切なお守りが、温かな光を発していた。

17　悪意の森

霧雨《きりさめ》の降る深い森の中を、リッカは歩いていた。

湿った冷たい空気が肌を濡らす。

背の高い木々の葉に溜まった水滴が、大きな雫《しずく》となってリッカの頭に落ちてきた。

リッカはごしごしと袖で頭を拭って、そのまま歩き続ける。

同行者は三人。さっきからずっと会話はない。

空は分厚い雲に覆われている上に、鬱蒼《うっそう》と茂る木々がわずかな光すら遮って、辺りは昼間とは思えないほど薄暗かった。

深い森の中は、リッカたちの足音以外に何も聞こえない。

呼吸すら遠慮したくなるような沈黙の中、リッカは黙々と歩いていた。

雨のせいだけではないジメジメとした空気が、四人の間に漂っている。

リッカはそんな重たい空気にうんざりしながら、こうなった経緯を思い返してみた。

早朝、教室に集められたリッカたちは、その日行われる野外演習の説明を受けていた。

今日は初めての実践演習で、教官でもあるBランクハンターの引率の元、実際にBランクの依頼を受けてみることになっていた。

学生三人に、Bランクの教官が一人。合計四人が一つの班になって、それぞれ依頼をこなす。ハンター歴の長いリッカはもう慣れたものだったが、カンナは初めてのハンターの仕事ということで、密かにこの日を楽しみにしていた。

「えー……カンナさんとは別の班なんスかー……？」

リッカは貼り出された班分け表を見て、力なく俯いた。露骨《ろこつ》にがっかりしているのが全身から伝わってくる。

「ん……まあ、受注した依頼の内容とか、それぞれの成績なんかを鑑《かんが》みて、先生が班分けしたみたいだからね……残念だけど仕方ないね」

落ちこむリッカの頭を撫でながら、カンナがそう言って慰《なぐさ》める。

リッカは未練たらしく班分け表を睨みつけて、「うー……」と唸《うな》った。

「せっかくパーティを組んで初めて一緒にお仕事できると思ったのに、期待外れもいいとこっス……」

「まあまあ……また今度休みの日にでも、一緒にお仕事すればいいでしょ？」

「仕事したら休みの日じゃなくなるっスよ！」

そんな会話をしながら外に出ると、外は細かな雨が降っていた。

「あれ……雨だね。残念」

「そうっスね……昨日カンナさんがやってた大量の首吊り死体のおまじない、効かなかったみたいっスね……テルテルさんでしたっけ」

「いや、あれは死体じゃなくてね……？」

しばらく二人で話したあと、出発時間が近付いてきたため、カンナと別れて班員を探す。

リッカの班を引率する教官の名前は、リバー・ディッシュ。入学試験の日、受付のテントに座っていた男だ。

そして彼の他に二人、名前も知らない男が班員として同行する。リッカはそれだけで気分が重たくなった。昔から、誰かと合同で依頼を受けて、いい思いをしたことがないのだ。

班員を探して歩いていると、一塊《ひとかたまり》になって何やらコソコソと話し合っている三人を見つけた。顔を突き合わせて、真剣な表情で何かを相談している。

リッカは徐《おもむろ》にその三人に近付いて、意識的に元気よく声をかけた。

「お待たせしました！　今日はよろしくお願いします！」

作り物ではあるが綺麗な笑みを浮かべて、丁寧に頭を下げた。

三人は突然現れたリッカにビクッと肩を上下させ、何も言わずにそれぞれ散らばっていった。

「……ま、慣れてるっスけど」

無視をされるのも、仲間はずれにされるのも、別に今さら何とも思わない。

むしろ理不尽に暴力を振るわれたり、全員分の荷物持ちをやらされたりしないで済む分、こっちとしても気楽なものだ。

「やっぱりカンナさんじゃないとだめっスね。さっさと終わらせて、カンナさんの所に戻らないと」

そう呟きながら、リッカは出発を待った。

今回は班によって目的地が違うため、比較的距離の近いいくつかの班同士が一つのチームとなって、安全のためにまとまって移動する。

リッカの班を含む三つの班がすべて揃ったところで、王都グリーディアの外、北の森に向かって出発した。

北の森までの道のりは、リッカにとっては楽しいものだった。

カンナのことを慕うハンターたちが、リッカにカンナのことを聞きたがるのだ。

リッカもカンナの自慢話ならいくらでも望むところなので、話は大いに盛り上がった。寝る時はどんな格好をしてるとか、お風呂の時はどこから洗うとか、隣にカンナがいれば確実に止められるだろう話も、この時ばかりはノンストップで続けられた。リッカも他のハンターたちも幸せそうだった。

やがて北の森に到着した一行は、森の入り口を合流地点と決めた。

依頼を終えた各班は合流地点に戻り、そこで他の班を待つ。あまりにも戻りが遅い場合には、他の二班が捜索《そうさく》する手はずだ。

リッカの班が受注した依頼は、森の中に入って、『特定地域の植生調査』を行うことらしい。

リッカは地図が読めない。植物にも疎い。そもそも端的に言って勉強ができない。

残念ながらリッカにできることは、かさばる荷物を率先して運ぶことと、調査の途中で魔物に襲われた際、力いっぱいぶん殴ることくらいしかなかった。

「改めて、よろしくお願いします！」

ニコニコ笑いながらあいさつをするが、三人はリッカを冷たい目で一瞥して、やはり何も言わずに歩き出す。黙って森の中に入っていく三人の男を見つめながら、リッカは溜息をついてその後ろを付いていった。

そうして、歩き続けること数時間。

重たい空気を孕《はら》んだまま、一行は未だに森の中を彷徨《さまよ》っていた。

いつまでたっても目的地に着く気配のない行軍に、流石のリッカも不安になる。

「あの、合流地点からだいぶ離れちゃってるっスけど。こっちであってるんスか？」

責めるような口調にならないように、できるだけ柔らかく問いかける。たとえ迷っていたとしても、ただ付いて歩くだけの自分に文句を言う権利はない。それくらいの分別はリッカも心得ていた。

しかしそんなリッカの問いかけにも、三人は答えない。教官のリバーを先頭に、ただ黙々と歩いていくだけだ。

リッカは違和感を覚えずにはいられなかった。

この三人は、普段から獣人である自分を良い目では見ていない連中だ。

合同での依頼だというからひどい扱いをされるかもと覚悟していたが、暴言を吐かれることも、荷物を持たされることもなく、ただひたすら進んでいく。まるでリッカの声など一切聞こえないというように。

不審に思いながら、それでもリッカは三人に付いていくしかなかった。

一行はますます森の奥へと進んでいく。

暗緑の木々がそこら中に生い茂っていた。

そこはもう、人の生活圏からは遠く離れた、孤絶した世界。

陽の光を通さない高木に囲まれた場所で、ようやく彼らはその足を止めた。

ああ、ようやく調査が始まるのか。

途中で道でも間違えたのか、目的の区域に到着するまでに、かなり時間がかかってしまった。急いで終わらせて、合流地点に戻らなければ。

リッカはそんなことを思いながら、いつでも調査が始められるよう、背中からリュックを下ろした。

「おい、獣人。仕事がある。ちょっとこれを見ろ」

リバーが地図を広げながら、冷たい声でリッカを呼んだ。

居丈高《いたけだか》な態度だが、今さらこの程度の言葉遣いでは、リッカは何も感じない。

「はい、どれっスか？」

リバーの広げた地図を横から覗き込んで、彼の指先を目で追ってみる。

地図には赤い線でルートがなぞられていて、地図の読めない自分でも見やすかった。見やすいというだけで、別に読めはしないのだが。

「これをどうすればいいんスか？」

「やれ」

「え？」

リバーの言葉に疑問の声を上げるのと同時に、右脚の太ももから、『ズプッ』という湿った音が聞こえた。

一瞬遅れて、焼けるような激痛が右脚から駆け上がってくる。

「なっ……!?　ぐうっ……！」

痛みに体がよろけて、支えられずに倒れてしまう。

何が起きたのか分からず、急いで脚を確認してみると、右脚の後ろから、深々とナイフが突き刺さっていた。

一切の遠慮なく突き刺されたナイフは、骨にぶつかることなく、綺麗に右脚を貫通して、前面部までその切っ先を覗かせていた。

「な……なんで……！」

状況が呑み込めず、周囲に目を向ける。そこでようやく気が付いた。

自分は、ハメられたのだ。この卑怯で陰険な、三人の男に。

一人はナイフを突き刺した体勢のまま、顔を青くして固まっていた。

一人はリッカの荷物を腕に抱えながら、無表情でこちらを見下ろしていた。

そして自分の気を逸らしていたリバーは、ニヤニヤと醜悪な笑みを浮かべていた。

「つっ……これは、どういうことっスか……？」

倒れ込んだリッカは痛みに顔を歪めながら、リバーに向かって問いかける。上手く力が入らず、声が震えていた。

脚からどくどくと流れた血が湿った地面に染み込み、周囲に血の匂いが漂っていった。

「どういうことだと……？　はっ、これは獣人退治だよ。身の程知らずの下等な獣人に、自分の汚い血の匂いを教えてやったのさ」

リバーは瞳に歓喜の色を浮かべて、悠々《ゆうゆう》と述べる。

リッカは激痛に大量の汗を流しながら、しかし余裕の笑みを浮かべてみせた。

「……そっスか。一応言っとくっスけど、流石にここまでやっちゃったら、いくら自分が獣人でも犯罪になるっスよ？」

「黙れッ！　獣人風情が法を語るな！」

リッカの言葉と態度に、リバーは激昂《げきこう》して声を荒らげる。そしてすぐに我に返ると、自分を落ち着かせるように深く息を吐いた。

「先生……これで俺たち、Bランクにしてもらえるんですよね？」

リッカの荷物を奪った男が、無表情のまま、リバーに向かってそう話しかけた。

「ああ……その通りだ。お前たちはBランクとして申請しておこう」

「ありがとうございます！　よかった……もうすぐ一年が終わっちゃうから、どうしようかと……こんなことでBランクに上がれるなら、もっと早くやりたかったですよ、あははははっ」

そう言って笑いながら、男はリッカの傷口に足を乗せる。少しずつ体重をかけて、ぐりぐりと踏み潰していった。

「……ぐううううっ!!　あああああああっ!!」

突き刺さったままのナイフが傷口を抉る。

リッカはあまりの痛みに、口を大きく開いて悲鳴を上げた。目には大量の涙が浮かぶ。

「おい、その辺にしておけ。あの人の指示以上の傷をつけるな」

暴力がエスカレートしていく男のことを、リバーが窘《たしな》める。

男はハッとして足を退けると、リッカの荷物を我が物顔で背負いなおした。

「ぐっ、ハァ……あの人……？」

痛みに息を荒らげながら、リッカは尋ねた。

どうやら、この状況を指示した人間がいるようだ。

「……お前には関係ない」

リバーは地面にうつ伏せに横たわるリッカを睨みつけながら、小さくそう呟いた。

リッカの問いを受けて、まとう雰囲気が少し暗くなる。

「誰の指示だか知らないいっスけど……その人のためにここまでするなんて、そんなにその人に認められたかったんスか？」

「……黙れ」

リバーは血が出るほど唇を噛みしめながら、リッカのことを睨みつける。

しかしリッカは基本空気が読めない。リバーの怒りなど歯牙《しが》にもかけず、ただ素直に思ったことを口にした。

「残念だけど、それは無理っスよ。自分の経験上、こういうことを人に命令するのって、相手のことを何とも思ってないような人ばっかっス」

「黙れ……獣人ごときがあの人を語るな……っ！」

「自分もたくさんそういう人を見てきたっス。その人はあなたのことなんて、ただの道具としか思ってないっスよ」

「黙れえええええええッ!!」

リッカの言葉は、経験に基づく正論だ。リバーも心の中では、それが正しいのだと理解していた。

だからこそ、その事実を受け入れたくなくて、全力でリッカの言葉を、存在を否定しにかかった。

「黙れェ！　俺を薄汚い獣人と一緒にするなッ！　俺はちゃんと認められるためにやっているんだ！　お前みたいな誰にも認められない化け物とは違うんだよ！」

リバーは目を血走らせながら、リッカの顔を全力で蹴りつけた。

リッカの口内が切れて、口から血を吐きだす。

「だいたい、全部お前たちが悪いんだ！　お前たちが来てから俺はおかしくなったんだよ！　学校内に居場所がなくなって、あの人も俺を見てくれなくなって！　これ見よがしに、あの人からの推薦状なんか見せつけてきやがって！　俺がどれだけあの人に憧れていたと思ってるんだ！」

リッカの頭を何度も何度も蹴りつけながら、リバーは唾《つば》を飛ばして怒鳴り散らす。

頭に鈍痛を味わいながら、リッカはリバーの言葉について考えていた。

推薦状……ああ、なるほど。つまりこの人が憧れるあの人とは……

リッカには、脳裏《のうり》に描いた人物が自分を嵌めた理由に心当たりがあった。以前顔を合わせた時、その場にいたカンナは気付いていないようだったが、こちらを冷たい目で見つめていたからだ。

温和に振舞ってはいたが、昔から幾度となくあの視線を向けられてきたリッカにはすぐに分かった。あれは、獣人を見下す目だ。

そしてリバーは要するに、あの人の言いなりになりながらも、評価してもらえなくなった責任をこちらに押しつけて、子どものように癇癪《かんしゃく》を起こしているだけなのだ。ずいぶんと幼稚《ようち》で、くだらない動機だと思った。

まあ、無自覚でいいように他人に使われてしまう人間など、所詮そんなものなのかもしれない。思考停止した人間は、失敗の原因を自分以外に押しつけるのだけはなぜか上手い。そうして、結局なにも変えられないのだ。自分も、周りも。

「先生！　先生！」

男の一人が、必死にリバーを羽交い締めにして押さえつける。

指示以上の傷をつけるなという、自分で言った言葉すら守れていない。

「ハアッ……！　ハアッ……！　クソがっ……！」

リッカに背を向けて、リバーは自分の荷物を乱暴に背負った。どうやらこのまま戻るつもりのようだ。

リッカには彼らの狙いが分からなかった。

最悪、殺されると思っていた。しかし彼らはこのまま自分を置いて帰ろうとしている。なぜ、トドメを刺さないのだろうか。

疑問に思っていると、不意に周囲の草陰から、ガサガサと大きな音がした。

必死の思いで目線を上げて、周りを確認してみる。

「………なっ！」

一瞬気が付かなかった。

しかしよく見れば、いつの間にか自分は、極限まで危険な状況に追い込まれていた。

鬱蒼と生い茂った草葉の陰。

パッと見る限り、ただ草が生えているだけに見える。しかし注意深く観察してみると、草と草の間から、まん丸の紅い目玉がこちらを凝視していることに気付いた。

自分の握りこぶしと同じくらいの大きさの、丸い真っ赤な目玉。しかもそれが何十個も並んで、獲物を観察するようにこちらを見つめている。

そして、その目玉とばっちり目が合ってしまった。

全身に鳥肌がたつ。それと同時に、草陰の奥から巨大な化け物が何十頭と現れて、リッカたちを取り囲んだ。

「なっ!?　こいつら、ワーグか!?」

「ワーグ!?　Aランク相当の魔物じゃないですか！　そんなのが出るなんて聞いてないですよ!?」

「し、しかも群れで……嘘だろ……」

どうやら彼らにとっても、この魔物の登場は予想外だったようだ。

おそらくは血の匂いに誘われて現れ、ずっと襲い掛かる隙を窺っていたのだろう。ゆっくりと取り囲み、着々と逃がさない準備をしながら。

リッカに血を流させたのは、ワーグの群れを誘い出すのが狙いだったわけだ。そしてそれはつまり、この三人も捨て駒として利用されたということだ。あの人……アーベンローテに。

「グゥアアアアアァァ……!!」

ワーグの群れはじりじりとこちらに近寄って来る。

三人が武器を構えながら、震える足を懸命に動かして、ゆっくりと後ずさってきた。

18　逃げ出した先に

ワーグは豚と狼を混ぜて、面相を凶悪に歪ませたような巨大な生き物だ。鋭く大きな牙で、人間たちを貫き、容赦なく噛み砕く。

討伐するためには、たとえ一匹でもAランク相当の実力が必要になる。そんな化け物が、ざっと数十頭。群れを作って、隙間なく自分たちを取り囲んでいる。

Bランクのハンターであるリバーは、自分の絶望的な状況に打ちひしがれていた。

自分の実力では、一匹すらまともに倒せない。周囲を完全に囲まれたこの状況では、逃げ出すことすら不可能だ。

アーベンローテに指示を受けた時は、まさかこんなことになるとは思っていなかった。

きっと彼も、図々しく高位ハンターになろうとする獣人に罰を与えたいだけなのだろうと、勝手に理由をつけて納得していた。

それなのに、今のこの状況はなんだ。

この森に、ワーグの群れが生息しているなどという話は聞いたことがない。王都にほど近い森の中にそんな危険なものが棲《す》んでいれば、即刻討伐されて然《しか》るべきなのだ。

――あえて教えられていなかったのだろうか。

頭を振って、そんな暗い想像をふり払う。

事ここに至っても、リバーは自分がアーベンローテに利用されていたことを受け入れられないでいた。現実と向き合い、受け入れるというのは、自分と戦うことを放棄したものには過酷すぎた。

何にせよ、どの道そんなことを気にしていられるような状況でもない。

ワーグの群れを目の前に見据えながら、リバーは震える手で必死に武器を構えていた。

同行していたCランクの男二人は、すっかり戦意を失ってしまっている。

リバーは使えない生徒を睨みつけるが、一方で自分もその気持ちはよく理解できる。もう武器を投げ捨てて、一切を諦めてしまいたかった。

一歩、また一歩とワーグが距離を詰める。怯える獲物の反応を楽しむかのように、ゆっくりと、焦らしながら。

化け物たちの顔は凶悪に歪んで、自分たちを嘲笑っているように見えた。

握りしめた武器の先がカタカタと震えてくる。見慣れたはずの武器が、とても頼りなく思えた。

「ガァアアアアアアアッ!!」

そしてついに、群れの中でも一際大きなワーグが、牙を剥き出しにしてリバーたちに襲い掛かってきた。

「うわあああああああっ！」

リバーは勢いよく武器を放り投げたかと思うと、子どものように泣き叫びながら、みっともなく頭を抱えて丸まった。

恐怖に屈したリバーは、数秒後に訪れるであろう自分の凄惨な未来を想像して、心の底から絶望する。

しかし、いつまでたってもワーグは襲い掛かってこない。痛みもまるで感じない。

おかしいと思いながらも、またあの恐ろしい化け物の顔を見るのが怖くて、リバーは顔を上げることができなかった。

耳だけ意識を向けてみれば、複数のワーグの唸り声と、何かが吹き飛ぶような音が聞こえてくる。

そして、怯えて蹲るリバーたちを叱咤《しった》する声が、暗い森に響いた。

「いつまでビビってんスかっ！　早く逃げろ！」

リバーがその声に反応して顔を上げると、目の前には、片脚を引き摺りながら、懸命にワーグと戦うリッカの姿があった。

「獣人相手には威張れるくせに、本物の化け物相手には惨めに丸まってることしかできないんスか!?　邪魔だから、早く逃げて欲しいんスけど！」

リッカはワーグの巨大な牙を掴んで押さえ込みながら、リバーたちに向かって叫ぶ。

リバーが後ろを見てみれば、先ほどまで隙間なく囲っていたワーグたちが吹き飛ばされて、いつの間にか退路が築かれていた。

「お前……なんでっ……俺たちが憎くないのか……⁉」

リバーは自分たちを庇いながら戦うリッカに向かって、思わずそう声を漏らす。

目の前の獣人の行動が、まったく理解できなかった。

「くだらないこと言ってないで、さっさと行って欲しいっス！　ほんと、邪魔っスから！」

リッカは振り返ろうともせず、ひたすらワーグたちを殴り、投げ飛ばし続けていた。

足の痛みを無視しながら、次々と襲い掛かってくるワーグと交戦する。体中に無数の傷がついていくが、それすら気にも留めないで、リッカは戦い続けた。

「……憎くないのかって……そんなわけないじゃないっスか……」

戦いながら、リッカは憎しみを込めて呟く。歯を食いしばって足の痛みを堪えながら、腹の底に溜まった怒りを吐き出した。

「憎いっスよ……大嫌いっスよ……お前たちなんて……！」

怒りをすべて目の前のワーグにぶつけるように、リッカは固く握った拳を全力で叩きつける。

殴っても、吹き飛ばしても、ワーグは一向にその数を減らさない。

「でも、ここでお前たちを見捨てて自分だけ逃げだしたら……自分までお前たちと同類になっちゃうんスよっ……！」

ワーグはリッカを取り囲み、忌々しそうに睨みつける。

リッカはそんなワーグたちの前に立ちはだかりながら、血で濡れた体に必死で力を入れた。そして逆に射殺すような瞳でワーグたちを睨み返して、力強い声で言い放つ。

「憎いから……嫌いだから見捨てていいなんて、そんな器の小さいヤツになりたくないっ……！自分は、胸を張ってカンナさんの隣に立っていられるような、そんな自分でいたいんスよ!!」

指先まで自分の血で濡らしながら、リッカは咆《ほ》えるようにそう言った。

リッカの剣幕に怯んだのか、ワーグたちの動きが一瞬止まる。

その一瞬を見逃さず、リッカは急いで振り返った。

「早くっ！　今のうちに逃げっ……え？」

しかしそこには、既に誰も残っていなかった。

リッカはとっくに置いていかれたのだ。

この深い森の中、化け物の群れと必死に戦う自分を置き去りにするのを、リバーたちが躊躇しているると思っていた。そんな自分があまりにも滑稽《こっけい》で、リッカは思わず吹き出してしまった。

誰もいなくなったその空間を、呆然と見つめながら。

「ふっ……ははっ……やっぱ、クズっスね……まあ、その躊躇のなさが、今はありがたいっスけど……ぐっ！」

動きを止めたリッカの後ろから、ワーグが勢いよく体をぶつけてきた。

死角からの不意の衝撃に、リッカは踏ん張ることもできず、派手に吹き飛ばされてしまう。

雨に濡れた地面をゴロゴロと転がって、そのまま大木に叩きつけられた。

まるで全身の骨が砕けたように痛む。少しでも気を抜けば、すぐに意識を失ってしまいそうだった。

もう体に力が入らない。指先の一本すら、動かすことはできないように思えた。

ワーグがゆっくりと歩み寄ってくる。未だ反撃を警戒しているのか、それとも獲物をしとめたことによる余裕か。どちらにしても、リッカにとっては最悪だ。

近付いてくる足音を遠くに聞きながら、リッカは薄く靄《もや》のかかった視界で、木々の隙間から見える空を見上げていた。

◇◆◇◆◇

深い森の中、方向も分からないままに、リバーは走り続けていた。

後ろには二人の男が、必死になって付いてきている。

「ハアッ、ハアッ……どうだ!?　追ってきてるか!?」

リバーは走りながら、荒い息を吐き出してそう尋ねた。

「ハアッ……い、いえ、見えません！」

男のうちの一人が、そう返答する。

どれだけ逃げようと、いつワーグがあのケダモノを殺してこちらを追いかけてきて、また襲い掛かってくるか分からない。

あの恐ろしい化け物から逃げていると、体力以上に精神が辛くなってくる。恐怖を振り払うかのように、三人は一心不乱に走り続けた。

そうして草木をかき分けて進む中、リバーは先ほどのことを思い出していた。

獣人に助けられた自分。獣人に庇われた自分。

「……違うっ！」

自分は庇われてなんかいない。自分が、あの獣人を囮《おとり》に使ってやったのだ。

獣人に助けられたなどということは、リバーにとって耐え難い屈辱だった。

見下していた相手に救われる。そんなことは受け入れられない。だから、リバーはそんな事実はなかったことにした。

「獣人を囮にして、なんとか逃げ出してやったんだ……獣人にはお似合いの末路さ……！」

そう自分に言い聞かせながら、森の中を走る。

木をよけ、濡れた草に足を取られながら走るのは、存外体力を使う。それに、不慣れな者ではスピードも出せない。

教官として学校に引き籠ってばかりいたリバーでは、どうしてもその逃げ足は鈍重になった。

「せ、先生！　一頭、追いかけてきました！」

後ろから、男の怯えた声が上がる。

その言葉を聞いて、無意識にリバーの口からも、「ひぃっ！」という悲鳴が漏れた。

「に、逃げろ！　とにかく逃げろ！」

足止めも満足にできないのか、あの獣人は！

矢も盾もたまらずに逃げ出した自分を棚に上げて、リバーは内心でリッカに罵声を浴びせる。

しかしどんなに人に責任をなすりつけても、それでワーグが見逃してくれたりはしない。

どんどん距離を詰められて、いよいよその牙がリバーたちに届こうとした。

「うわあああああああああっ！」

絶望と恐怖に顔を歪めながら、三人は揃って叫び声を上げる。

ワーグの牙がすぐそこまで迫った瞬間、突然遠くから何かが勢いよく飛んできて、リバーの頬を掠めていった。

「え!?　はっ!?」

意味が分からず、短い疑問の声が出る。

視界の外から飛んできたのは、複数の炎の矢だった。

ワーグの腹に深々と突き刺さって、その勢いのまま吹き飛ばす。

吹き飛ばされたワーグはよろよろと立ち上がろうとする。しかし炎の矢はワーグの腹に刺さったまま燃え広がり、あっという間にワーグの全身を火だるまにした。

「こ、この魔法は……⁉」

リバーは勢いよく後ろを振り向く。

そこには、自身が憧れてやまない存在、王国最強の魔法使い、アーベンローテが立っていた。

「ア……アーベンローテ様！」

リバーは目を輝かせて、その崇高な名前を呼ぶ。

アーベンローテの周囲には未だ複数の炎の矢が浮かんでおり、その一本一本に強力な魔力が込められているようで、リバーはさらに畏敬の念を強くした。

「や、やった！　アーベンローテ様が来てくれた！」

「よかった……助けに来てくれたんだ……流石はアーベンローテ様……」

後ろの男たちも、歓喜に心を震わせながら、口々にアーベンローテを褒め称える。

リバーはアーベンローテの姿を目に焼きつけながら、しみじみと思った。

やはり、自分は見捨てられてなどいなかったのだと。この人の特別な存在として、しっかり認められていたのだと。

命を救ってくれた神のごとき目の前の人物に、リバーは深々と首を垂れた。

「……まさか、こんなことになるとはな……」

アーベンローテはそう呟きながら、ゆっくりこちらに歩いてくる。

やはりワーグの出現は、アーベンローテにとっても予想外だったのだろう。

一瞬でも彼を疑ってしまったことを、リバーは深く後悔した。

しかし、それでも彼は自分たちを助けに来てくれたのだ。これからも忠誠を捧げ、一生付いていこうと心に誓った。

「まったく……どうしたものか……」

アーベンローテがすぐ傍まで近付いてきた。

リバーは顔を上げて、溢れんばかりの感謝の思いを口にする。

「ア、アーベンローテ様！　助けていただいて、ありがっ……」

リバーが言い終わる前に、彼の体に、ドスッ、ドスッと幾本もの炎の矢が突き刺さった。

「……え……？」

脳がその光景の意味を理解するよりも早く、焼け焦げるような激痛が体中を襲った。

「……ぁ……あああ、熱いいいいいッ!!　痛いいいッ!!　熱いいぃッ!!　アーベンローテ様、なぜエエ!?」

リバーは苦痛にもがき苦しみながら、濡れた地面の上をミミズのようにのたうち回る。彼の後ろでは、Cランクハンターの男二人も、同じように炎の矢に焼かれて悶絶していた。

「まさか、あの獣人が逃げ出そうとせず、逆に囮になるとはな……これでは予想よりも早く死んでしまうかもしれない……」


アーベンローテはリバーたちの言葉など聞こえていない様子で、黙って考え込む。

その言葉を聞いて、リバーは自分の耳を疑った。

「ア、アーベンローテ様ァァ！　私たちがワーグに襲われることを知っていたのですか⁉　私たちが殺される可能性を理解した上で、あのような指示を……⁉」

リバーの言葉に、アーベンローテは煩わしそうに返事をする。

「当たり前だろう……あの魔物たちをわざわざ用意したのは私だ。それに、殺される可能性とはなんだ？　お前たちには確実に死んでもらうとも。口封じのためにもな」

何を言われているのか、リバーにはまったく分からなかった。

心から崇拝していた相手に、今、殺されようとしている。

それも捨て駒として利用されたあと、ただの口封じで、あっさりと。

結局自分は、彼から何の信頼も得ていなかったのだ。ただ盲目的にアーベンローテを崇めるばかりで、彼が自分など相手にしていないことに、今この瞬間まで、ついぞ気付くことができなかった。

リバーは昔から、ずっと魔法に憧れていた。そして魔法使いの頂点である、アーベンローテを崇拝していた。だからこそ、いつか自分もああなりたいと、彼に少しでも近付きたいと、必死になって努力してきたのだ。

しかし、自分に魔法の才能がないと気付くまで、そう時間はかからなかった。

それまで彼は魔法に憧れる一方で、先天的に魔法を使うことができない獣人という種族をひたすら見下して生きてきた。自分も魔法が使えない、獣人と同じだと理解した瞬間、どれだけ絶望したことか。

それからは、何度も自分に言い聞かせ続けた。自分は獣人とは違う。魔法は使えないけれど、獣人なんかよりはずっとマシだ、と。

そしてアーベンローテに自分の理想の姿を重ね、憧れのヒーローとして、子どものように夢中になっていった。彼の傍にいれば、自分もなんだか特別な人間になれたような気がしていたのだ。

そんな相手に殺される。

あまりにも惨めな自分の最後に、リバーは心からの怒りを感じた。

「ふっ……ふざけるなァァ！　俺がどんな思いであんたに従っていたと……」

「お前の思いなんぞに興味はない。もう役目は終わったから、大人しく死んでいいぞ」

アーベンローテはリバーの言葉を遮って、冷たい目で見下ろしながらそう言った。その目には本当に何の感情もなく、ただ一つの作業として、自分の命を奪おうと……いや、処分しようとしているのだと、リバーは悟った。

それはリバーという一人の命に対する、明らかな冒涜《ぼうとく》だった。

「貴様……貴様アアアアッ!!　俺の忠義を踏みにじりやがってえぇぇぇ!!」

「裏切られた程度で牙を剥くようなヤツが、偉そうに忠義を語るな。その点では、あの獣人の方がお前よりいくらか優秀だ」

「だまれえええええええッ!!」

リバーは全身を炎に焼かれながら、アーベンローテに殴り掛かる。

怒りで痛みすら忘れて、全力で拳を振り下ろした。

しかし炎に包まれたその拳が、アーベンローテに届くことはなかった。

「やれやれ……お前は本当に出来の悪い教え子だったよ」

いつの間にかアーベンローテの周りに、薄い青色の膜が張られていた。その膜に遮られて、拳は勢いよく弾かれる。

全力で叩きつけた拳が、内側から粉々に砕けたのが分かった。

弾かれた拳に振り回されて、体が大きく後ろに反れる。

その瞬間、何本もの炎の矢が、リバーの目の前に現れた。

リバーはスローモーションのように感じながら、自分の体に突き刺さっていく矢の一本一本をまじまじと見つめる。彼が憧れ続けた魔法が、そこにはあった。

「俺は……本当に、あなたに憧れて……」

矢の勢いに吹き飛ばされる寸前、リバーはアーベンローテの顔を見つめて、そう呟いた。

勢いよく吹き飛ばされながら、体中が燃え上がる。

地面に落ちた時にはもう、息もしていなかった。

「……魔法も使えない者が、魔法使いに憧れるな。馬鹿が」

パチパチと燃える焼死体を冷たい目で見下ろしながら、アーベンローテはそう呟いた。

リバーの後ろで倒れていたCランクの二人も、もはや動くこともなく、ただ静かに燃えている。

やがて火が消えると、そこには人間か魔物かも分からない、黒い燃えカスの山しか残らなかった。

「さて……本当ならこいつらはワーグたちに処分させるつもりだったのだがな……馬鹿な獣人め。さっさと逃げ出しておけば、もう少し長く生きていられただろうに……これでは、あの女が現れる前に死んでしまうではないか……」

独り言を呟きながら、暗い森の中を歩き始める。

そんなにあっさりと死なれてしまっては、その獣人がカンナの弱みになるかどうかが分からない。死ぬなら死ぬで構わないが、もしもカンナが身を挺《てい》して助けに現れるようなら、利用してやる価値がある。助けに入ってやってもいいが……

「……まあいい。死んだら死んだで他に利用することもできる。所詮は獣人が一匹死ぬだけだ。ここは最後まで静観させてもらうとしよう」

そんなことを考えるアーベンローテの頭の中からは、焼けた三つの手駒のことは、既に綺麗に忘れ去られていた。

彼は一人森の中を歩いていく。

王国の行く末を憂《うれ》える、一人の国民として。

ただ、己の役割を果たすために。

19　わたしの普通

深い森の中で冷たい雨に打たれながら、わたし——リッカは黙って空を見上げていた。

全身がボロボロで、視線を動かすのも億劫《おっくう》だ。

空は相変わらず暗く、陽の光が恋しくなる。

……そういえば、昔もこうやって、ボロボロになって空を見上げていたなぁ……

薄れていく意識の中で、そんなことを考える。

自分の子どものころを思い出して、懐かしさに思わず笑みがこぼれた。


子どものころから、差別を受けて育った。

いじめられ、ボロボロにされて、時には死にそうな思いさえしながら、毎日を懸命に生きてきた。

ある日、お父さんに聞いたことがある。『どうして村を追い出されてしまったのか』と。

尋ねた時の、お父さんの悲しそうな顔が、とても印象的だった。子どもながらに、聞いてはいけないことを聞いてしまったんだろう、と思った。

それでも、お父さんは丁寧に説明してくれた。獣人と人間の歪んだ関係については難しくてよく分からなかったけれど、色んな問題がある中で、お父さんがお母さんを大好きだったということだけは、しっかりと理解することができた。

それからお父さんは、ことあるごとにわたしに言うようになった。『獣人も、人間も、互いに憎みあっていてはいけないんだ』と。そして、『お母さんは本当に素晴らしい人間だったのだから』と。

互いに憎しみあっていては、いつまでも溝は埋まらない。だから、許しあわなければならないんだと、口を酸っぱくして言っていた。

そしてそんな優しいお父さんは、名前も知らない誰かに殺された。

なぜ殺されたのかは分からない。ただそれでも、目の前で刺されて動かなくなったことだけは確かだった。

そうして一人になったわたしは、お父さんの教えを忘れないように、自分に言い聞かせながら過ごした。

それが、両親がわたしに残してくれたものだったから。

憎んではいけない。許さなければいけない。毎日、必死で自分にそう言い聞かせていた。

けれど一人になって、わたしへの差別はますます激化した。

町を歩けば殴られる。荷物を持っていれば奪われる。

毎日、ただ生き残ることに精一杯だった。

顔も名前も知らない、たくさんの人たちに殴られて、体はいつもボロボロだった。

道端にゴミのように捨てられて、動くこともできない体で空を見上げながら、懸命に自分に言い聞かせるのだ。憎んではいけない、許さなければいけない、と。

初めはつらくて、さみしくて、心細くて、毎日一人で泣いていた。

ボロボロになって空を見上げている時も、夜、膝を抱えて一人で眠る時も。

そして、夜がくるたびに考えた。

どうしてわたしの周りには誰もいてくれないのだろう。

どうしてわたしだけが、こんなにつらい思いをしないといけないんだろう。

どうしてわたしは一人ぼっちなんだろう。

どうして、どうして、どうして……

こわくて、さみしくて、毎晩涙を流していた。

それでも、人間を憎んではいけないのだ。

お父さんが殺されたことも、毎日いじめられることも、許さなければいけない。誰も憎んではいけない。

嫌で嫌でしかたなかったけど、でも、しょうがない。だって自分は、獣人なんだから。

そんな日々を繰り返しているうちに、わたしはいつの間にか、何も感じなくなってしまっていた。

あまりにつらい思いをしすぎて、でもその矛先を誰にも向けることができなくて。鬱屈《うっくつ》した思いが溜まりに溜まって、これ以上のストレスを抱えきれなくなったわたしの心は、ついに凍りついて、まったく動かなくなってしまった。

そしてそれからは、そんな生活がわたしにとっての普通になった。

殴られることにはもう慣れた。荷物を奪われることも、騙されることにも、すっかり慣れてしまった。

凍りついて麻痺《まひ》した心で、何も感じることができず、不幸を不幸だと理解できないまま、黙ってそんな理不尽を受け入れていた。そしてそれで構わないと、本気で思っていた。

純粋な獣人でも、人間でもないわたしは、どうせどこに行っても一人ぼっちだ。仲間なんてどこにもいないし、どこに行こうが酷い扱いを受ける。

それが世界の常識で、わたしに与えられた普通なんだ。

世界なんて大きなものにたった一人で立ち向かえるほど、わたしの心は強くなかった。

全てを諦めていた人生の中で、ようやくわたしは出会ったのだ。

そんな残酷な世界なんて間違っていると、そう言ってくれるあの人に。

彼女は、そんなのは普通でも何でもないと言ってくれた。紛い物の普通などぶち壊してしまえと、そう言ってくれた。

自分自身すらも目を逸らしていた、傷つき続けていた自分。苦痛の叫びを上げ、泣いて助けを求めていた、心の奥底に沈められた自分に、彼女は世界で唯一気付いてくれたのだ。

傷つけられてばかりだったわたしを、彼女は守ると言ってくれた。

嫌われてばかりだったわたしに、大好きだと言ってくれた。

一人ぼっちだったわたしに、友達になろうと言ってくれた。

殴られてばかりだったわたしの頭を、優しく撫でてくれた。

彼女と出会えたことで、わたしは初めて、自分が他の誰よりも不幸だったのだと気付くことができた。そして、本当の幸せを知ることができたのだ。

彼女が手を差し伸べてくれたことで、いったいわたしがどれだけ救われたのか、きっと彼女は知らないだろう。

彼女はわたしの傷だらけの手を、強く掴んで、温かく包みこんでくれた。彼女の温かい手は、わたしの凍りついていた心を、優しく融かしてくれた。

彼女は、わたしにすべてをあたえてくれた。

彼女がいたからこそ、わたしは世界を嫌い、憎むことができたのだ。

溜まりに溜まったものをすべて吐き出して、憎しみを全部放り投げて、その分愛情を詰め込むことができたのだ。

彼女が好きでいてくれる自分でいたかった。

彼女の隣で胸を張って並び立てる自分になりたかった。

それがわたしの心からの望みであり、それを目指し続けることが、わたしの理想の人生だった。

——ああ、そうだ。

ようやく自分の不幸と、本当の幸せに気付くことができたのだ。これからの人生を、ようやく笑って生きていけると、そう思うことができたのだ。

こんなところで死にたくない。

閉じかけていた目を見開いた。

遠ざかっていた意識を、無理やり呼び戻す。

もう雨は止んでいた。

首を動かして周囲を見れば、さっき脚から引き抜いたナイフが、ちょうど手元に転がっていた。

戦え、と言われているような気がした。

ナイフを握りしめて、地面に両の拳をつく。

震える手に力を入れて、体を起きあがらせる。

どんなに頑張っても足は動いてくれなかったので、体を大木に預けたまま、せめてナイフだけは眼前に構えた。

最後の最後まで足掻いてやる。必ず生き延びて、彼女のところまで帰るんだ。

心配をかけてすみませんと謝って、たくさん抱きしめられながら、頭を撫でてもらうんだ。

そう心に誓いながら、歩いてくるワーグの群れを睨みつけた。

目の前には大量の魔物の群れ。自分は碌《ろく》に動けないボロボロの体で、武器はちゃちなナイフだけ。

いくらバカなわたしでも、自分がこのあとどうなるのかなど、考えなくても分かった。

それでも、わたしは最後まで絶対に戦うことをやめたりはしない。自分の幸せのために戦える、最後の機会かもしれないのだから。

「……カンナさん……」

気付けば、無意識のうちに声が漏れていた。名前を呟いた瞬間、その音の響きが、たまらない愛しさになって胸に襲い掛かってきた。

死にそうになって、後悔はたくさん浮かんでくる。もっと甘えておけばよかったとか、もっと一緒に色んな場所に行きたかったとか、もっと早く出会いたかったとか。

だが、彼女からもらった自分の理想の姿を貫き通して死ぬことだけは、心の底から誇らしいと思えた。

……彼女の優しい顔が頭に浮かんでくる。

ただ、別れが悲しかった。さよならも、ありがとうも言えないことが、とても申し訳なくて、つらかった。

自分が急にいなくなったら、彼女は悲しんでくれるだろうか。

優しい彼女を悲しませてしまう想像をして、胸が割れるように痛んだ。

ワーグたちが、一斉に襲い掛かってくる。

ナイフを構えたことで、警戒心を刺激してしまったのだろう。

迫りくるワーグたちを見据えながら、わたしは笑顔で呟いた。

「カンナさん……大好きっス」


「うん、私も大好き」

その綺麗な声は、わたしのすぐ真上から聞こえてきた。

◇　◆　◇　◆　◇

「……え？」

空中に浮かぶ私の下で、リッカが呆けたような声を出す。その声は非常に可愛らしいが、ボロボロの体でナイフを構える彼女の姿は、見るに堪えないほど痛々しかった。

すぐに治療してあげたいところだが、まずは目と鼻の先まで迫ったなんだか恐ろしい魔物から、リッカの身を守ることの方が先だ。練習を重ねてすっかり慣れた防御魔法を、リッカの周りに展開する。

リッカの目の前まで迫っていた魔物たちは、薄い防御魔法の障壁にぶつかって、揃って弾き飛ばされていった。

「ふう……よかった、間に合って」

安堵の声を漏らしながら、リッカの前に降り立つ。魔物たちが足を止めたのを確認したあと、私はゆっくりと振り返った。

泣きそうなリッカの顔が、視界に映る。

「……カンナさん……」

小さく震える声で、彼女は私の名前を呟いた。

その声を聞いて、私はようやく体の力を抜くことができた。

——間に合った。よかった。本当によかった。

リッカは勇敢《ゆうかん》に戦い、そしてちゃんと生きていてくれた。不安でおかしくなってしまいそうだったけれど、もう大丈夫だ。生きてくれてさえいれば、彼女を守るために私はいくらだって戦える。

「おまたせ、リッカ」

私の心の不安が晴れていくのにあわせて、雲の切れ間から陽の光が差し込んできた。暖かな陽光は、血と雨露に濡れたリッカを照らしている。それがなんだか、大切な宝物がキラキラと輝いているように見えた。

泥だらけの彼女は、私の目に映る他の何よりも瑞々《みずみず》しく輝いていた。

「カンナさん……」

リッカがもう一度、私の名前を呼ぶ。その声に引き寄せられるように、私は彼女の元まで歩み寄っていった。

「あー……傷だらけだ……」

近くに寄ってよく見てみれば、体中に無数の傷がついている。大きな傷だけでなく、細かな傷跡も多い。治療は念入りに行った方がよさそうだ。

私が背中を見せていたからか、後ろから魔物たちが襲い掛かってこようとしているのが気配で分かった。

しかし流石に私でも、この状況でまったくの無警戒になったりはしない。いつでも応戦できる準備はしていたつもりだ。

「カ、カンナさん！　後ろ！」

「ドンちゃん、お願い」

リッカが焦った様子で声を上げるのと同時に、私は空中で待機させていたドンちゃんに呼び掛けた。

その声に反応して、突然頭上に影が差す。遥か上空から、森全体が揺れるような地響きを立てて、魔物たちの目の前に巨大な白銀のドラゴンが現れた。

あまりの振動に、私は慌てて、リッカの傷に響くからできるだけ静かに行動するように指示する。

ドンちゃんは謝るように軽く頭を下げると、その鋭い眼光を魔物たちに向けた。

絶対的な強者の出現に、今度は魔物たちが恐怖に怯えて逃げ出そうとしている。だが、もちろん逃がすつもりは毛頭ない。

「遠くに逃がしちゃダメだよ。他の人が襲われちゃうからね」

私の言葉にドンちゃんが頷き、バサッと翼を鳴らして飛び立った。

木々をへし折り、辺り一帯の地形を森から平野へと変えていきながら、次々と魔物たちを狩っていく……一応静かになるように気を遣ってはいるようだが、巨大な体でそれは難しいようだった。

ひとまず、魔物たちのことはしばらくドンちゃんに任せてしまっていいだろう。私はリッカの治療のために頭を切り替えた。

「さ、早く治療しないと」

そう言いながら、リッカの隣に腰を下ろし、傷だらけの体にそっと触れる。リッカは構えていたナイフを地面に落としながら、まじまじと私の顔を見て口を開いた。

「カ、カンナさん……どうしてここにいるんスか……？」

尋ねられた私は、ペタペタと体中を触り、一通り傷の具合を確認してから話し始めた。

「私たちの班が依頼を終わらせて合流地点で待ってたら、リッカと同じチームだった人が、わざわざ走って教えに来てくれたんだよ。リッカたちの班が合流地点に全然来ないって。その人に地図を見せてもらったら、リッカの場所が目的地からだいぶ離れてるみたいだったから、何かあったんだと思って迎えに来たの」

喋りながら、治癒魔法をかける。淡い光がリッカの体を包み、一つ、また一つと傷を癒《いや》していった。

それでも安心できなくて、本当にちゃんと治っているか、リッカの体を隅々まで調べていく。

「ど……どうして自分の居場所が分かったんスか？」

「お守りあげたでしょ？　本当は、地図の読めないリッカの迷子対策用だったんだけどね……こんなことなら、もっと色々便利な機能をつけておくんだったよ」

「あ……」

リッカが自分の首元を触る。

そこには私がプレゼントしたチョーカーがついていて、見覚えのある魔法の光を放っていた。

半分は、単純にアクセサリーとしてのプレゼントのつもりだった。もう半分は、ある意味私のエゴだろうか。過保護かもしれないと思いつつも、いつでもリッカの元へ駆けつけられるようにしておきたくて、位置情報が分かる魔法をこめてプレゼントしたのだ。

結果としてそれが道標《みちしるべ》となり、リッカの命を助けることができたのだから、何がどう役に立つのかは分からないものだ。

「カンナさん……自分、獣人だからって、殺されそうになって……」

「うん。だいたいの事情は聞いてるよ」

リッカが肩を震わせながら、弱々しく呟く。

今回のことの経緯は、ハンターたちが駆けつけてきたのと同じタイミングで現れた、ミリアの部下という人から簡単に報告を受けている。このあとより詳しく話を聞くつもりだが、概略を聞いただけでも、どれだけ理不尽で酷いものだったのかは想像に難くない。

リッカは私の顔を見ながら、我慢していたものを一気に吐き出していく。

堰《せき》を切ったように、リッカの瞳から大粒の涙が溢れだした。

「……こわかったっス……！　もう、カンナさんに会えないと思うと……不安で、苦しくて、悲しくて……！」

「リッカ……」

リッカは悲痛な叫びをあげながら、私の胸元に飛び込んでくる。

溜め込んだ不安が少しでもなくなるように、リッカの頭を優しく撫でながら、私はその言葉を受け止めた。

「本当はすぐに逃げ出したかったんス……！　痛かったし、悔しかったし……でも、逃げなかったっス……自分、ちゃんと最後まで戦ったんスよ……！」

「うん……よく頑張ったね」

私のローブを強く握りしめながら、リッカは甘えるように顔を埋めてくる。

深い森の中、陽が差す大木の下で、私はその存在を確かめるようにリッカの体を抱きしめた。

「……こうしたかったっス……」

リッカは私の胸の中で、幸せそうにそう呟いた。

「……もう、大丈夫だから」

そう言って、リッカの頭を撫で続ける。

「……違うっスよ。そういう意味じゃないっス」

「え？」

その言葉に、私は首を傾げる。そういう意味じゃないとは、じゃあ、どういう意味なのか。

「今だけじゃなくて……一人になってからずっと、こうしたかったんスよ」

そう言いながら、リッカはますます強く顔を押しつけてくる。

「わっ、リ、リッカ！」

リッカの甘え方に耐え切れなくなって、私はそのままゆっくりと後ろに倒れていく。

為《な》す術《すべ》なく押し倒された私の上にリッカが覆いかぶさって、そのまま二人で横になった。

「自分を傷つける他の人なんか、みんな大っ嫌いっス」

「リ、リッカ……？」

下敷きになった私は、まったく身動きがとれなくなる。

そんな無力な私と強引に目を合わせながら、リッカは真剣な表情で口を開いた。

「カンナさん、言ってくれたっスよね。周りから押しつけられたものじゃなくて、自分の望む普通を探すといいって」

「え……う、うん……言ったかも……」

リッカの真っ直ぐな瞳に戸惑いながらも、なんとかそう答える。

その歯切れの悪い答えを聞くや否や、リッカは嬉しそうに破顔した。

「わたしの普通は、ずーーーっとカンナさんの隣にいることっス！　ちゃんと自分で選んで決めたっスよ。カンナさんから言い出したことっスから、責任とってくれるっスよね？」

勝ち誇ったように、小さく尖った牙を見せて笑う。

少し離れている間にリッカにどんな心境の変化があったのか、私には想像することしかできない。

まあ、自分で選んだと言っているし、それで笑えているのだから、きっと悪い変化ではないだろう。

「今さら前の生活には戻れないっスよ。もう、誰が相手でも我慢なんてしないっスし、カンナさんがいない生活なんて考えられないっス」

いたずらっ子のように笑って、私の顔を両手で挟み込む。

覆いかぶさりながら、鼻と鼻がくっつきそうな距離で、真っ直ぐに瞳を覗き込まれる。頭の中では思考が堂々巡りして、すっかりパニックに陥っていた。

「……一緒にいてくれるっスよね？」

顔がくっつきそうな至近距離で、面と向かってそんなことを言われた私は、顔を爆発しそうなほど熱くして狼狽《うろた》える。

しかしリッカの馬鹿力が、顔を逸らして逃げるのを許してくれない。

「………ちょ、ちょっと待ってリッカ！　ストップストップ！」

「嫌っス。獣人は一度相手を選んだら絶対に離れないっス」

「強引すぎるからぁ！」

羞恥《しゅうち》に悶《もだ》えながら、私はリッカの腕を掴む。

当然ながら、非力な私がいくら抵抗を試みたところで、リッカの腕力にかなうわけがない。誓って言うが、私は本気で抵抗しているつもりだ。

「わ、分かった！　分かったから！　とりあえず離れて！」

「分かった？　一緒にいてくれるんスか？」

「いる！　一緒にいるから！　だから……わっ！」

身をよじりながらそう言うと、リッカは再び力いっぱい抱き着いてきた。

「えへへ……約束っスからね、カンナさん！」

幸せそうにそう言って、リッカはそのままカクッと眠りに落ちた。

穏やかな寝息をたてるリッカを体の上に乗せて、私はしばらく茫然と空を見上げていた。

「……えっ？　リッカ？　う、嘘でしょ、このタイミングで……？」

ゆさゆさと体を揺らしてみるが、リッカは深い眠りの中にいる。

「……あ……ヤバい、動けない……」

リッカの下でもぞもぞと動きながら、なんとか脱出を試みる。

しかし魔法で強化されていない私の力では、人ひとりの体重などとても支えられなかった。

そんな私の元へ、ドンちゃんから必死で逃げてきたと思われる魔物の生き残りが数頭、牙を剥き出しにして襲い掛かってきた。

「えー……せっかく格好よく助けにきたと思ったのに、こんな状態で戦うの、私……」

仰向けに寝っ転がり、年下の女の子に押しつぶされたままという滑稽な体勢で、私は腕を魔物たちに向ける。

そのまま魔力を込めると、大量の光の雨が、魔物たちに向かって降り注いだ。

「……まあ、疲れてたんだろうし、仕方ないか。守ってあげるとも言っちゃったしね。ふふっ、まったく……手のかかる子だなぁ……」

眩しい光の雨が魔物たちを貫くのを、未だ熱のひかない頭を空っぽにしながら、ぼんやりと眺めていた。

その光は次第に勢いを増し、まるで私たちを祝福するように輝きだす……いや、私が降らせたやつだけども。自作だけれども。

やがて光の雨が止むと、そこには森特有の静寂と、リッカの穏やかな寝息だけが残った。

そのあどけない寝顔をしばらく見つめたあと、私は体を持ち上げようとした。

「んっ……あ、帰れない……ど、どうしよう……」

揃って横になった私とリッカを、暖かな陽光が照らしている。

なんだか、太陽にまで呆れられてるような気がした。

20　事件の後始末

野外演習が行われた、その日の夜。

王都グリーディアに建てられた立派な王宮の中で、アーベンローテは一人ほくそ笑んでいた。

王宮の外れにある一室で腰を落ち着けて、メイドに用意させたコーヒーを口に含みながら、頭の中でその日の出来事を反芻《はんすう》する。

思っていた以上の収穫に、彼は気を良くしてこの先の展望について考えていた。

「決まりだな……彼女はあの獣人のことを、想像以上に気に入っているようだ。獣人ごときになぜそこまで執着するのかは分からないが、まあそれはいい」

苦いコーヒーを飲み干して、ゆっくりと席を立つ。

窓際まで移動すると、窓の外に見える王都の灯りを見つめながら、浅く息を吐いた。

「あの獣人が王国内にいる以上、彼女も国外へ出てはいかないだろう……学校の成績を見る限り、あいつはただ実技が優秀なだけの平凡な獣人だ。適当に理由をつけて、裏からあの獣人を操れば、カンナの手綱を握ることもできる。最悪、獣人の身柄を確保してしまってもいいだろう」

王国内で孤立した獣人というのは、人間たちにとって実に扱いやすい玩具《おもちゃ》であり、美味しい獲物だった。

表立ってカンナと対立しなくても、こちらが正義を主張しながら、カンナに協力を仰ぐ方法はいくらでもある。この国において正義とは、つまりは多数派にとってより都合のいい思想のことなのだから。

「ふっ……この年になって、思わぬ楽しみができたものだな」

窓に映る自分の皺の寄った顔を見て、アーベンローテは皮肉な笑みを浮かべる。

カンナを自由に扱えるようになれば、してみたいことがたくさんあった。

カンナ自身の魔法の研究のほか、各国が秘匿《ひとく》している魔法の研究資料の閲覧、敵対している国の魔法使いたちとの情報交換など……行き詰っていた研究も、障害をすべて取り払う力さえあれば、瞬く間に幾本もの新しい道筋が見えてくる。

「むっ、いかんな……最近少しはしゃぎすぎていたか……」

軽い眩暈《めまい》を覚えて、窓に手をつきながら目を強く瞑る。

眉間を指で擦ると、痺れるような疼痛《とうつう》を感じた。

「……なんだ？　体が……」

痺れは次第に頭から首へと降りていき、胸を通ってやがて全身に回ってくる。

立っていられなくなって、アーベンローテは窓に背中を預けながら、ずるずると床面に腰を下ろした。

「失礼致します」

アーベンローテが自分の体に起こった異変に戸惑っていると、部屋の入り口で可愛らしい子どもの声が響き、王女ミリアが数人の護衛と共に入ってきた。

ミリアは苦しそうに倒れこむアーベンローテの姿を見ても、楽しそうにニコニコと笑っている。

そんな能天気なミリアに苛立ちを感じながら、アーベンローテは優しい声で言った。

「ミリア姫様……申し訳ありませんが、何か用事があれば、後日にしていただけないでしょうか。今は少しばかり体調が優れないので」

「あら、私は別に気にしませんので、そのまま座っていてください。横になってもらっても構いませんよ？」

話の通じないミリアに、アーベンローテは舌打ちが出そうになるのを懸命に堪えた。

馬鹿で我儘な王族の護衛などという面倒極まりない仕事をしていれば、忍耐力は嫌でも鍛えられていくものだ。

「……いえ、そのようなことは。私も歳のせいか、昔のようには働けないようで……今日はもう、すぐにでも休みを……」

「歳のせいではありませんよ」

「は？」

ミリアに話を遮られたアーベンローテが、疑問の声を上げる。

そんな会話の最中でも、体にはますます力が入らなくなっていた。

「私が部下に命じて、薬を盛らせたのです。先ほどのメイド、可愛らしい子だったでしょう？　彼女はコーヒーを淹れるのが上手いんですよ」

ミリアは手で口を隠しながら、くすくすと無邪気な笑い声を上げる。

いつもと何ら変わらない、その何も考えていないかのようなあどけない振る舞いが、なぜか急に恐ろしい化け物の舌なめずりのように見えた。

「薬……？　どういうことですか……？」

アーベンローテは冷や汗を流しながら、ミリアを見上げる。

こちらを見下ろすミリアの目は、楽しそうに細められていた。

「言葉通りの意味ですよ、アーベンローテ様。あなたに本気で暴れられては流石に手がつけられないので、こうした手段をとらせていただきました」

ミリアはにっこりと微笑んで、先ほどまでアーベンローテが座っていた椅子に腰を下ろす。

大きな椅子に腰かけて、ぷらぷらと宙に浮いた足を揺らしながら、ミリアは続けた。

「今回の殺害未遂と、ワーグの国内への連れ込みの件で、身柄を拘束させていただきますね」

「なっ……!?」

アーベンローテは驚愕に目を見開いた。

驚いたことで体が揺れて、窓から背中が離れる。しかし体を支えるだけの力を入れることができず、頭の重さに引っ張られて、アーベンローテはそのまま前のめりに倒れこんだ。

「ふふふっ、どうして知っているんだ、と言いたそうな反応ですね……私としては、どうしてバレないと思っていられたのかが不思議でしょうがないのですが」

足元に転がってきたアーベンローテの頭を愉快そうに見つめながら、ミリアは話を続ける。

「アーベンローテ様は、魔法が使えないというだけで、根拠もなく人を見下してしまうでしょう? だから人を見る目が育たないんですよ」

アーベンローテは悔し気に顔を上げながら、ミリアのことを睨みつけた。

そんな視線を受けても、ミリアは平然と笑みを浮かべている。

「私やお兄様のことも、常々ただの馬鹿だと思い続けていましたよね。確かに私は魔法も使えないし、戦うことだってできません。ですが、実のところ、あなた程度の処分に困ったことなんて、一度だってないんですよ?」

ミリアは笑顔でそう言いながら、アーベンローテの頭を、つま先でコツコツと叩く。

プライドを大いに傷つけられたアーベンローテが、歯を食いしばりながら、憎しみの籠った瞳を

ミリアに向けた。

「ふふっ、こわいこわい……魔法の腕は、確かにこの国で随一ですものね。ですが私には、少し人よりも魔法が使えるから何が偉いというのか、まるで理解できません。あなたの頭の中はあまりにも幼稚すぎますね」

「ふざけるなっ‼」

それまで黙って聞いていたアーベンローテが、歯を剥き出しにして怒りを露《あら》わにする。その露骨なまでの魔法至上主義への偏向に、ミリアは冷めた笑みを浮かべた。

「魔法も使えない貴様が、図々しく魔法について語ろうとするな！　貴様のような愚か者に、魔法の素晴らしさの一片でも理解されてたまるものか！」

アーベンローテは唾を吐き散らしながら、動かない体で必死に声を荒らげる。

そんなアーベンローテを見下して、ミリアは淡々と述べた。

「だから、分からないと言ってるじゃないですか。それにあなたが魔法に傾注《けいちゅう》するあまり、その他のことがまったく見えていないのは事実でしょう？　手駒の人選やその後の行動も随分と杜撰でしたし……」

ミリアはそこまで言うと、何かを思い出して、笑いを堪えるように口元を押さえた。

「ふっ……それにまさか、リッカさん本人にまで黒幕の正体を悟られてしまうとは思いませんでした。部下はちゃんと選んだ方がいいですよ？　くっ、ふふっ……」

嘲るようなその笑い声に、アーベンローテは怒りと羞恥で顔を赤く染める。

多少の無理はあれど、自分の計画は恙《つつが》なく進むはずだと、その瞬間まで本気で信じていた。

「本当ならもっと派手に動いてもらって、お姉様がこの国を完全に見限るきっかけでも作ってくれたらよかったんですけどね……中途半端に慎重で、肝心な部分で役に立たないんですから……」

ミリアは溜息をつきながらそう言った。

その言葉に、アーベンローテは思わず反駁する。

「国を見限るだと!? 何を馬鹿なことをっ！ 貴様、気は確かか!?」

「ああ、言ってませんでしたね。私は近いうちに、お姉様と共にこの国を出て行くつもりなんです」

「なっ、ふ、ふざけるな!! 私は国のためを思って行動を起こしたんだぞ！ それを王女である貴様が……」

「あなたの国のための行動は、お姉様のためにはなりません……少しは期待していたけれど、お姉様の害にしかならなそうなあなたは、もういらないわ」

ミリアは肘掛けに頬杖をつきながら、冷たい目で見下ろしてそう言った。

その言葉を受けて、アーベンローテは全身に鳥肌が立つ。

今の言葉は、ミリアの本心だ。取り繕っていたものを極限まで捨て去った、ミリアの本心の一部が、わずかに顔を覗かせたのだ。

ただそれだけのことで、アーベンローテは心胆を寒からしめる、とびきりの恐怖を味わった。

自分を見下ろしているのが恐ろしい化け物であることを実感して、アーベンローテは浅い呼吸を繰り返した。

「まあ、正直あなたには感謝もしているんですよ。あなたの情報と、事の顛末をお姉様に説明する代わりに、何でも一つだけ、お願いを聞いていただけることになりました」

ミリアは陶然とした顔でそう言うと、アーベンローテの頭に軽く足を乗せる。

それは、まるで褒めるように。自らの足の裏で、王国最強の魔法使いの頭を、ぽんぽんと叩いてみせた。

「お姉様は確かに優しいですが、それ故に甘いところもありますからね。そういった部分は、私の仕事として引き受けることにしたんですよ。例えば、あなたの処分とか、ね」

ミリアの言葉に、アーベンローテの顔から血の気が失せる。

その言葉には、自分に対する配慮、また怒りや優越感など、あらゆる一切の感情が含まれていないように思えた。

ただ一つの冷淡な作業として、自分は彼女の手の内に落ちる。そう確信したアーベンローテは、全力で体に魔力をこめ、動けない体で必死になって逃げだそうとした。

「無駄ですよ」

しかし、その努力は徒労に終わる。

ミリアの無慈悲な言葉と共に、アーベンローテの四肢に、螺旋状《らせんじょう》にネジを巻いた鉄の棒が突き刺さった。

「ぎっ！　ぐがあああああああっ！」

あまりの痛みに、せっかく溜めた魔力が霧散してしまう。

螺旋状の刃によって肉が抉られて、生々しい傷口が捲れて見えていた。

這《は》いつくばり、虫の標本のように床に固定されたアーベンローテを、ミリアの部下たちが取り囲む。

「逃がしませんよ。あなたには、それなりに利用価値があるんですから」

ミリアは可愛らしい笑顔でそう言って、椅子から立ち上がった。

「私が国を出るにあたって、国政がいきなり破綻してしまわないように、政務官に色々と引継ぎをしていくんですけどね。国を豊かに維持していくためには、それなりに後ろ暗いこともしてきたわけですよ。もちろん国民は感謝してくれるでしょうけれど、それでも罪は罪ですからね。どう誤魔化すか、悩んでいたんです」

コツ、コツと足音をたてながら、部屋の中を歩く。

入り口近くまで移動すると、王女らしいおしとやかな動きで振り返った。

「よかったですね、アーベンローテ様。たくさんの国民に感謝されながら死ぬことができますよ」

ミリアがそう言って浮かべたのは、アーベンローテがいつも見ていた、無邪気で幼稚な、隙だらけの笑顔だった。

……腹の中では、ずっとそんなことを考え続けていたのか。

この女のことを馬鹿だ馬鹿だと信じ続けていた自分が、ひどく滑稽に思えた。

目の前で笑う化け物が心底恐ろしくて、アーベンローテの瞳に涙が浮かぶ。

「さあ、まずは移動して、部下に色々と貴重なお話を聞かせてあげてください。ああ、アーベンローテ様は回復系の魔法使いではないんですよね。安心してください、こちらで用意しておきましたから。道具もたくさん揃えてあります。三日後くらいに、またお顔を見に行きますね」

ミリアはそう言い残して、そのまま部屋を後にした。

部屋に残されたのは、アーベンローテと、数人のミリアの部下たち。

ガタガタと震えるアーベンローテを無感情に見下ろしながら、ミリアの部下は四肢に突き刺していた鉄の棒に手をかけた。

21　おやすみ

朝、学校内にある学生寮の自室で、リッカは目を覚ました。

学生寮といっても、リッカが寝泊まりしている部屋は少々特殊だ。

カンナが強引にもぎ取っていった（実際には遠慮するカンナに無理やり押しつけられた）最上級の部屋は、建物の最上階がそのまま一人分の寮として利用されている。部屋数も多く、その一つ一つがやたらと広い。

そんな部屋の一つで、カンナとリッカは二人で生活していた。寝床は狭い場所の方が落ち着くリッカとしては、最初はなかなか馴染《なじ》めなかったものだ。

「……寝ちゃったっスか……」

まだぼんやりとする頭で、昨日のことを思い出す。

記憶は、カンナに抱き着いたところで途絶えていた。

「あ……」

隣のベッドを見れば、カンナが穏やかな寝息をたてていた。

外はまだ薄暗さが残っている。夜が明ける前の、清潔で活力に満ちた静寂を含んだ、早朝特有の空気が漂っていた。

「……迷惑かけちゃったっスね」

命を助けてもらった上、おそらくは部屋まで運ばせてしまったのだろう。

自分の姿に目を向けてみれば、やわらかい寝間着に着替えさせられていた。血や汚れも綺麗に落とされている。

「……えへへ……」

申し訳ないと思いつつも、そこまで気を遣ってお世話をしてもらったという事実に、思わず口元がニヤけてしまう。

誰かに心配されるなど、ましてや傷ついた自分を介抱《かいほう》してもらうなど、これまでの人生では考えられないほどの幸せな出来事だった。

「ん……むぅ……」

頬を両手で挟んで、緩んだ口元を引き締める。

まずは着替えて、カンナのための朝食を用意しよう。

カンナはコーヒーが好きだから、まずはお湯を沸かして……自分は苦くて飲めないから、一緒にミルクも温めて……

あれこれと頭の中で予定をたてながら、のっそりとベッドから降りる。

体を横に向けると、正面には安らかに眠っているカンナの姿があった。

「……！」

リッカの尻尾がピンっと立ち上がったかと思うと、大きく左右に揺れだす。

自身の欲望に身を任せて、カンナの布団を捲ったリッカは、その隣にするっと潜り込んだ。

「……はふぅ……」

当然ながら、布団の中はカンナの匂いに包まれている。

リッカはしきりに鼻を動かしながら、横たわるカンナの腕にしがみついた。

「…………」

華奢な腕だ。少し力を入れれば、簡単に折ってしまえるだろう。

その辺りに落ちている細い枝を折るよりも簡単だ。

カンナの体が弱いことは、既に本人から聞いている。ついでに、触れる時は細心の注意を払うようにと、口を酸っぱくして言われていた。

「優しい人っスね……」

この華奢な腕を必死になって振り回して、カンナは自分を助けてくれたのだ。

こんなか弱い体で、人のために身を盾にして戦えるカンナは、本当の意味で優しくて、強い人だと思う。

「あったかいっス……」

カンナの腕に体を寄せる。

自分を抱きしめてくれた腕。守ってくれて、差し伸べてくれた腕だ。

頼りない細腕だけれど、この世のどんなものに触れるよりも安心できた。

「……本当に、神様みたいな人っスね」

改めて、カンナの顔を見つめる。

その寝姿は、丹精を込めて作り上げられた、精巧な彫刻を想起させた。一寸の狂いもなく、ただ美しさを追求したようなその美貌に、リッカの視線は自然と吸い込まれてしまう。

「……ふふっ」

普段は抜けているところもあって、どこか親しみやすい印象を受けるカンナだが、黙って目を閉じていれば、怜悧《れいり》で、近寄りがたい儚《はかな》げな美少女に見えた。

そのギャップがおかしくて、リッカは声を出して笑ってしまう。

「神様なんかより、もっとずっと優しくて、素敵な人っスけどね」

そう言いながら、まじまじとカンナの顔を見つめる。

やわらかそうなほっぺたに触れてみたくなって、恐る恐る指を伸ばしてみた。

『はいストーーーップ！　さすがにアウトぉ！』

「ひゃうっ！」

突然頭の中に響き渡った声に驚いて、口から悲鳴が漏れる。体がビクッと震えて、一歩間違えればカンナの腕をへし折ってしまうところだった。

「な、なんスか!?　誰っスか!?」

リッカはベッドから這い出ながら、キョロキョロと周囲の様子を窺う。

しかし声の主と思しき人物の姿はどこにもない。

『後ろよ！　カンナの胸の上』

また、頭の中から声が聞こえた。

声の誘導に従ってカンナの方を向いて、恐る恐る布団を捲ってみると、はだけたカンナの胸の上に、丸い光の玉がちょこんと鎮座していた。

「……は？」

『いや、あってるわよ。それそれ、その玉が私』

「……ええ？」

リッカは事態が呑み込めず、頭上にたくさんのクエスチョンマークを浮かべる。

光の玉はふよふよと飛んできて、リッカの目の前で停止した。

『ずっと見てたわ。えっちなオオカミね。私のカンナが寝てる間に、いったい何をするつもりだったのかしら』

「わ、私の……？　え、ほんとに誰っスか⁉　いや……っていうか、何スか⁉」

誰と尋ねてみて、そもそも人ではなさそうだと思ったリッカが、質問を変える。

そんな無駄に気の遣われた質問を無視して、女神カローナは堂々と宣言した。

『あなたのことは嫌いじゃないけど、私のカンナに手を出そうっていうなら、ただじゃおかないわよ』

カローナは図々しくも、『私のカンナ』の部分を強調しながらそう言い放つ。

ただじゃおかないといっても、今のカローナにできることといえば、本気で泣いて喚いて駄々《だだ》をこねるか、カンナに言いつけることくらいしかないのだが。

カローナの言葉に、リッカが再び反応した。

「わ、『私の』ってどういうことっスか⁉」

『当然、私とカンナはとっくに身も心も通じ合った仲ということよ。一心同体と言っても過言ではないわ』

「い、一心同体……」

ごくり、とリッカが喉を鳴らす。

そんなリッカを自慢げに見下ろすように、カローナがふわふわと漂い始めた。

『だいたい、私はあなたがカンナに出会うずっと前からカンナと一緒にいたのよ。そんな私を差し置いて、あなたはいったい何をしようというのかしら』

カローナはすっかり保護者気取りで、リッカに詰め寄る。

リッカはオロオロしながら、汗を流して弁解した。

「ち、違うんス！　自分はただ、カンナさんのほっぺが柔らかそうだったから、触ってみたいと思っただけで……」

『いやらしいオオカミね。柔らかそうだから触ってみたかったって、そんなのもう……』

「うっさいわ！　さっきから！」

カローナの発言は、流石に目を覚ましたカンナの怒りのデコピンによって遮られた。

騒がしい声に無理やり起こされたカンナは、寝ぼけまなこのまま、不機嫌そうにカローナを見つめている。

『……おはよう、カンナ。いたいわ』

「カローナさんが悪いんですよ。疲れて寝てる時くらい静かにしてください」

『……私だけじゃ……』

カローナの小さな抗議の声を無視して、カンナは目を擦りながらリッカに視線を向けた。

「はぁ……おはよう、リッカ……」

「お、おはようございます、カンナさん……あの、そちらの……方？　はいったい……」

「えー……？　あれ？　そういえばカローナさん、リッカと話してたんですね。いいんですか？」

カンナは寝ぼけた頭のまま、カローナに問いかける。

カローナはそんなカンナの頭に乗りながら、不貞腐《ふてくさ》れるように答えた。

『だって、最近寂しかったし、退屈だったんだもの……その子も思ったより長いこと一緒にいるみたいだし……それにあのまま黙って見ていたら、私、嫉妬で死んでたわ』

「何の話ですか……？」

カローナの言葉に首を傾げながら、カンナはリッカに向き直る。

「あー……これはカローナさんっていってね……私の……ペットみたいなものかな？」

『ちがうわ』

まるっと説明を省いたカンナに、素早くカローナが異議を唱える。

しかしそんなカローナの言葉は二人の耳には届かず、そのまま話は続いた。

「ペット……じゃあ、私の先輩っスね！　よろしくお願いします！」

リッカは自分のベッドの上に正座すると、礼儀正しく腰を折った。

『だから、ちがうわ』

「リッカはペットじゃなくて友達だからね？」

『カンナ！』

カローナが悲鳴のような声を上げる。

カンナはそんなカローナに思わず笑いながら、機嫌をとるように光の玉を撫でた。

『だいたいこの子、カンナの布団に潜り込むなんて、新入りのくせに生意気よっ！　コーヒーも碌《ろく》に飲めない子どものくせにっ！』

「それ、若干後輩って認めてません？　というか、コーヒーが好きなのはあくまでも私の嗜好《しこう》であって、カローナさん自身も苦手じゃないですか」

『私は我慢して毎日味わってるわ！』

「苦労をかけてすみません……」

そんな会話をしながら、カンナはひとつ欠伸をする。

寝起きだったことを思い出すと、また眠気と疲労が体を襲ってきた。

「ふあぁ……すみません、ほんと疲れてるので、もうひと眠りさせてください……」

そう言いながら、布団をかぶり直す。

眠ろうと目を閉じかけたところで、横でそわそわしているリッカが視界の端に映った。

「リッカ、一緒に寝たいんだったらおいで」

布団の片側を捲って、少し体を端に寄せる。

リッカは顔を輝かせて飛び込んできた。

「いいんスか!?」

「ふふっ、もう布団の中じゃない……別に一緒に寝るくらい、いつでもいいよ」

カンナは笑ってそう言うと、ぽすっと枕に頭を投げ出す。

横になった途端にウトウトしだして、目を閉じながら呟いた。

「……おやすみ、リッカ……」

口をほとんど動かさず、囁くようにそう言って、カンナは深い寝息をたてはじめた。

カンナが眠ったあと、カローナがカンナの胸の上に飛び乗ってきた。

『あなた、これからカンナと一緒にいたいんでしょう?』

カローナはそれまでとは違う真面目な声で、リッカに話しかけた。

「は、はい……一緒にいたいっス」

『そう……それなら、今回みたいなことはもうやめなさい』

「え……?」

リッカは思わず戸惑いの声を漏らした。

ほっぺたに触るという行為は、そこまでいけないことだったのだろうか。

『昨日のことよ。殺されかけたことで、カンナがどれだけあなたを心配したのか、あなたはちゃんと理解してないでしょう。カンナは本当に、度を超えて優しい子だから、もしもあなたが命を落としてしまっていれば、きっと人一倍悲しんで、一生自分を責め続けていたはずだわ』

カローナの思いがけない重い言葉に、リッカは表情を引き締める。

言われてみて、確かにその通りだと思った。

一緒にいたいと口に出すのは簡単だが、それはすなわち、自分という存在を相手に背負わせることにもなるのだ。これまで通りにはいかないことだって、当然あるだろう。

『あなたが自分の信念に従って、人を助けようとしたのは立派だと思うわ。それでも、私はどこの誰とも知れない相手より、カンナ一人の方が大切よ。カンナと一緒にいたいなら、まずカンナを悲しませないように、つまりは自分の身を第一に考えなさい。もしもあなたがカンナを悲しませることがあれば、私はあなたを絶対に許さないわ』

カローナの言葉が、リッカの頭の芯《しん》に響く。

言われたことの意味を一つ一つ理解して、自分の中でたっぷりと咀嚼《そしゃく》したあと、リッカはゆっくりと体を起こして、カローナの方を向いた。

そして、強い決意を瞳に浮かべながら、はっきりと宣言する。

「約束するっス。もう二度と、カンナさんを不安がらせたり、悲しませたりするようなことはしないっス。カンナさん、カローナさん。今回は迷惑をかけて、本当にすみませんでした。そして、命を助けてくれて、ありがとうございました」

力強いその言葉は、広い寝室の中で重厚に響いた。

固い決意と、重たい意思のこもった言葉が、三人を結びつける。

『……そう。それならいいわ。これからよろしくね、リッカ』

カローナはそう言うと、カンナの胸の上でそのまま休憩し始めた。

リッカもそれにならって、カンナの横に寝転がると、幸せそうに目を閉じる。

眠っていたはずのカンナの手が、リッカとカローナのことを、それぞれ大切そうに撫でていた。

一人出遅れたドンちゃんは、カンナの中で寂しそうに尻尾を揺らしていた。

◇◆◇◆◇

夢か現実かも判然としない微睡みの中で、私はこの世界に来てからの生活を振り返っていた。

私がこれまで生きてきた年月からすれば、この世界で過ごした時間などほんの短い間の出来事でしかないのかもしれない。それでも、私にとってかけがえのない思い出がたくさんできた。

初めのうちは、新しい世界での生活に戸惑うことも多かった。不便な体で過ごすことに、それなりに苦労したこともあったと思う。それでも慣れてしまえば、この生活もそんなに悪くない。住めば都というやつだろうか。

どちらの世界で生きていくとしても、私は変わらず私のままだ。いくら姿が変わったって、私の目指すものは変わらない。結局のところ、私が求めるものはいつだって「普通」なのだ。

ふと、カローナさんの言葉を思い出す。「自分では想像もできないような場所に行ってみたい」と話していた彼女は、私の新しい人生を見て、果たして楽しんでくれているだろうか。

かつての私は、どうして自分がカローナさんに選ばれたのか理解できなかった。私の生活なんて見ていたって、何も面白くないだろうと思っていたから。

だけどこの世界で色々な人と出会った今なら、少しだけ納得できたこともある。

きっと私だけじゃなくて、みんな自分の世界を守るために、毎日必死で戦い続けているんだ。

自分にとっての戦場があって、そんな日常の中で、自分にできることを精一杯こなしている。

戦う場所も、理由も、規模も、みんなそれぞれ違うけれど、そこに優劣なんてものは一切ない。

私だって、毎日必死で生きているつもりだ。できることよりできないことの方がずっと多いし、最近はトラブルに巻き込まれることも増えた気がするけれど、それでも私にとっての日常を守るために、全力で戦っている。

波乱に満ちているというわけでもなければ、すべてが上手くいくというわけでもない。ただひたすら普通を目指す。もしかしたら、物語の主人公のように、格好いい人生じゃないかもしれない。

でもきっと、頑張って手に入れた普通って、素晴らしいものなんじゃないかと思う。

世間では、普通とか、平凡とか、凡庸《ぼんよう》とか……そういう言葉はどちらかといえば、ありふれたつまらないものって印象が強いんじゃないだろうか。

けれど、それを維持し続けることがどれだけ困難なことか、本当の意味で気付いている人って、いったいどれだけいるんだろう。

普通の日常は、決して当たり前にあるものじゃない。人々の不断の努力によって、なんとかその形を保っていられるような、少しの悪意やトラブルですぐに崩壊してしまうような、そんな儚くて危ういものだ。それは多分、どこの世界でも同じだろう。

だからこそ、私は普通の日常が好きだ。そのために戦い続ける日々が好きだ。

本当に、カローナさんには心から感謝しないといけない。私にもう一度、戦う機会を与えてくれたのだから。あっけなく終わってしまっていたはずの私の人生に、彼女はもう一度チャンスをくれたのだ。

奔放で、無責任で、誰よりも気まぐれな女神だが、一応は私の恩人だ。

普通を目指す私の、新しくはじまった異世界生活が、彼女にとって楽しいものであればいいと思う。私と一緒にいてよかったと、そう思ってもらえるくらいに。

——胸と、そして腕の中に、かすかな重みと、温もりを感じた。それがなんだか無性に心地よい。

もっと触れていたくなって、自然と手が伸びた。

指先に、さらさらの何かと、ふわふわの何かが触れた気がする。

……ああ、幸せだ。

そう実感した途端に、意識が薄れ、思考が曖昧《あいまい》になっていく。

この温もりが、この幸せな日常が、ずっと続いていきますように。

心の底からそう願ったあと、私の意識は異世界から、夢の世界へと旅立っていった。

——私はこれからも戦い続ける。脆く儚い普通の日常を守るために。

ネットで大人気の のんびり発明ファンタジー!

現代日本で天寿を全うし、貴族の次男として異世界に転生したユータ。誰しもに使えるはずの魔法が使えないという不幸な境遇に生まれたものの、温かい家族に見守られて健やかに成長していく。そんなユータが目指すのは、前世と同じく家族を幸せにすること。まずは育ててくれた恩を返そうと、身近な人のために魔導具を作り始める。鍵となるのは前世の知識と古代文字解読能力。ユータだけが持つ二つの力をかけ合わせて、次々と便利なアイテムを開発する——!

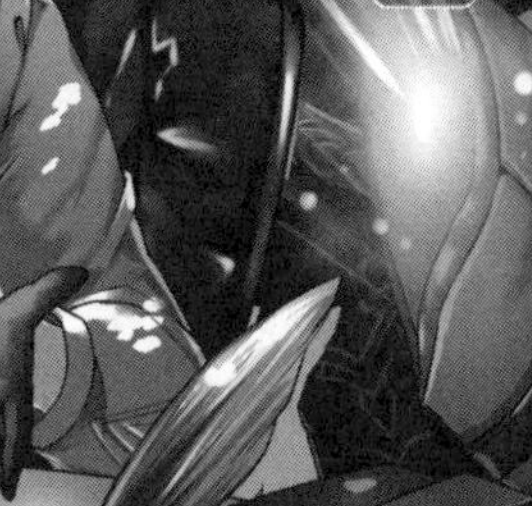

◆定価:本体1200円+税　◆ISBN 978-4-434-24463-6　◆Illustration:又市マタロー

ハチミツ（はちみつ）
東京都在住。2018年よりアルファポリス上で連載を開始した本作にて、出版デビューを果たす。趣味は登山と寺社仏閣めぐり。

イラスト：純粋
https://tsudukiikimasu.wixsite.com/carbonated

本書はWebサイト「アルファポリス」（http://www.alphapolis.co.jp/）に投稿されたものを、改稿のうえ、書籍化したものです。

気《き》まぐれ女神《めがみ》に本気《ほんき》でキャラメイクされました

ハチミツ

2018年 8月 31日初版発行

編集－村上達哉・宮坂剛・太田鉄平
編集長－塙綾子
発行者－梶本雄介
発行所－株式会社アルファポリス
〒150-6005東京都渋谷区恵比寿4-20-3恵比寿ｶﾞｰﾃﾞﾝﾌﾟﾚｲｽﾀﾜｰ5F
TEL 03-6277-1601（営業）03-6277-1602（編集）
URL http://www.alphapolis.co.jp/
発売元－株式会社星雲社
〒112-0005 東京都文京区水道1-3-30
TEL03-3868-3275
装丁・本文イラスト－純粋
装丁デザイン－AFTERGLOW
印刷－中央精版印刷株式会社

価格はカバーに表示されてあります。
落丁乱丁の場合はアルファポリスまでご連絡ください。
送料は小社負担でお取り替えします。

ISBN978-4-434-25049-1 C0093